Y2p 381

Paris
1857

HAUFF, Wilhelm

La dernière parole de La Prima Donna

Nouvelle

LA DERNIÈRE PAROLE

DE

LA PRIMA DONNA

NOUVELLE

PAR WILHELM HAUFF.

TRADUCTION LIBRE PAR ALEXANDRE FEŸ.

I.

MONSIEUR BOLNAU.

— Quel étrange événement ! Avouez, mon cher, que nous vivons dans un temps bien singulier !

C'est ainsi que M. le président du tribunal de commerce, Bolnau, abordait un de ses amis au milieu de la grande rue de R...

— Que voulez-vous dire, président ? répartit celui-ci. Est-il survenu quelque nouveau différend entre les grandes puissances? Votre ami, le ministre des affaires étrangères, vous aurait-il confié quelque nouvelle inquiétante pour la sécurité du commerce et pour la paix générale ?

— Laissez-moi donc tranquille avec votre politique!... On en a les oreilles rebattues... Non !... je veux parler de ce qui vient d'arriver à la Bianetti.

— À la première chanteuse ?... Eh bien ! est-ce que le directeur aurait refusé de la réengager pour cette année ?... Le chef d'orchestre m'a pourtant dit...

— Ah ! ça, mais, mon cher, d'où sortez-vous ?...

Et M. Bolnau regarda son interlocuteur d'un air de pitié mêlé d'une profonde stupéfaction.

— Comment ! reprit-il après une pause, vous ignorez ce que toute la ville sait depuis deux heures !...

— Eh bien ! apprenez-le-moi, président. Qu'est-il arrivé de si étrange à notre charmante prima-donna ?

— D'être poignardée dans son lit, mon cher ; rien que ça !...

L'honorable président était connu dans tout R... pour un farceur. Chaque jour, de onze heures à midi, il se promenait dans la grande rue, arrêtant ses amis et ses connaissances pour leur débiter quelque sornette ou leur raconter quelque histoire ridicule qu'il avait forgée le matin même à leur intention. C'était son plus grand plaisir, on le savait. Son interlocuteur ne fut donc pas ému le moins du monde de la sinistre nouvelle qui lui était annoncée.

— C'est là tout ce que vous avez à me dire, Bolnau, lui répondit-il fort tranquillement. Il faut que vous soyez bien à court pour en venir à de si lugubres inventions. Tâchez une autre fois d'imaginer quelque chose de plus piquant et surtout de plus gai ; ou bien, à l'avenir, je me verrai forcé de faire un détour pour rentrer chez moi, afin d'éviter la grande rue.

— Il ne me croit pas ! s'écria Bolnau, hors de lui. Il ne me croit pas ! Si je lui disais que l'empereur du Maroc a été poignardé, il empocherait la nouvelle avec reconnaissance et s'empresserait d'aller la colporter, parce qu'il est tout naturel qu'un empereur du Maroc

soit poignardé !... Mais quand je lui dis que la première chanteuse du théâtre de R... a été assassinée, il re-
fuse de me croire parce que ça ne s'est pas encore vu !
Et il ne me croira pas jusqu'à ce qu'il voie passer l'en-
terrement devant sa porte !

— Assez, Bolnau ! Les meilleures plaisanteries ne
doivent pas se pousser trop loin, à plus forte raison les
mauvaises.

— Mais je ne plaisante pas !... Aussi vrai que je suis
un honnête homme, la pauvre Bianetti est morte !

Il y avait dans la voix et dans la physionomie du
président une telle gravité, une telle tristesse que son
interlocuteur surpris changea subitement de ton :

— Morte ! dites-vous ? La Bianetti, poignardée !

— Elle était dans un état désespéré, il y a quelques
heures ; maintenant elle doit avoir cessé de vivre.

— Mais, pour l'amour de Dieu, comment cela est-il
arrivé ? Depuis quand assassine t-on des actrices ?
Sommes-nous donc en Italie ! N'avons-nous pas une
police !...

— Faites-moi le plaisir de ne pas crier si haut, répliqua Bolnau tranquillement ; vous faites retourner les
passans, et dans cinq minutes, pour peu que vous con-
tinuiez ainsi, il y aura ici un rassemblement ; vous ver-
rez alors si nous avons une police !

— Eh ! n'êtes-vous pas indigné ?...

— Indignez-vous tout bas , tant que vous voudrez ;
mais avant, laissez-moi vous conter ce que je sais.
Hier soir, la belle enfant était, comme de coutume, au
bal de la Redoute, plus aimable, plus gracieuse que jamais. Et cette nuit, à minuit, on est venu appeler le
docteur Lange, qui venait de se coucher. On l'a fait le-
ver en toute hâte pour aller porter des secours à la
Bianetti qui était mourante, frappée au cœur d'un coup
de poignard. Depuis ce matin, on ne parle que de cela
dans la ville ; on fait les suppositions les plus étranges,
les plus invraisemblables. Ce qu'il y a de certain, c'est
que personne n'est admis auprès de la malade, excepté
le médecin et les domestiques attachés à son service,
et que le prince a fait défendre aux troupes de passer
devant la maison de la Bianetti pour se rendre à
l'exercice. N'avez-vous pas remarqué que le régiment
a traversé le marché ce matin au lieu de suivre la grande rue comme à l'ordinaire ?

— Je ne suis pas comme vous, Bolnau, à qui rien
n'échappe... Mais ne sait-on pas d'autres détails ? N'a-
t-on point d'indices ?

— Il est difficile de démêler la vérité au milieu des
bruits plus ou moins extravagans qui courent dans la
ville. Vous en êtes convaincu comme moi : la Bianetti
est une fille sage et rangée qui n'a jamais donné la
moindre prise à la médisance ; et cependant, on a tant
de peine à croire à la vertu d'une actrice, les femmes
surtout !... Elles haussent les épaules quand on vante
l'honnêteté de la pauvre chanteuse , et ne pouvant ter-
nir sa conduite présente, elles s'efforcent de noircir sa
vie passée ; elles parlent de ses antécédens.... comme
si une enfant de dix-sept ans, qui est ici depuis un an
et demi, pouvait avoir des antécédens !

— Au fait donc ! au fait ! mon cher président, vous
me faites mourir avec vos préambules. En deux mots,
sait-on pourquoi et par qui elle a été assassinée ?

— J'y arrivais quand vous m'avez interrompu, reprit Bolnau avec le plus grand sang froid. On suppose
que le coup est parti d'un amant dédaigné et trahi ;

quelques personnes même prétendent en savoir plus
long. Suivant elles, la Bianetti aurait été abordée hier
soir au bal par un masque qui lui aurait parlé longtemps et avec vivacité et qui aurait fini par monter a-
vec elle dans sa voiture. Mais ce sont là des bruits sans
consistance, et je compte savoir bientôt d'une source
sûre ce qu'il en faut penser.

— Je serais bien étonné, en effet, que vous n'eus-
siez pas des intelligences dans la place ; vous êtes l'homme le mieux informé...

— Cette fois, interrompit Bolnau visiblement flatté,
je n'ai pas d'autre espion que le médecin même de la
prima donna, le docteur Lange. C'est de lui que je
compte avoir des éclaircissemens sur ce mystérieux é-
vénement, et cela tout à l'heure. Ne vous êtes-vous
point aperçu qu'au lieu de descendre et de remonter la
grande rue jusqu'au bout, comme à mon ordinaire, je
limite aujourd'hui ma promenade entre l'angle de la
rue Léopold et celui de la rue Frédéric ?

— Non, vraiment. Mais si je l'avais remarqué, j'aurais cru que c'était par galanterie pour madame la con-
seillère Baruch, que je vois en ce moment assise près
de sa fenêtre.

— Mauvaise langue ! il y a huit jours que nous ne
nous saluons plus : la présidente s'est brouillée avec
elle parce qu'elle joue trop gros jeu et qu'elle gagne
toujours. Non ; j'attends le docteur qui doit nécessaire-
ment passer ici, quelques minutes avant midi, pour se
rendre au château.

— Alors, je reste avec vous. Ma femme ne me par-
donnerait pas de rentrer à la maison sans avoir à lui
dire autre chose que ce que, sans doute, elle sait déjà.
Vous permettez, n'est-ce pas ?

— Volontiers ! Mais ne croyez-vous pas qu'elle vous
pardonnera moins encore de lui faire manger sa soupe
froide ? Vous dînez à midi, n'est-ce pas, mon ami ; les
voilà qui sonnent.... Et d'ailleurs, je pense que votre
présence gênerait un peu le docteur... Il n'a pas l'honneur de vous connaître et. . vous y perdriez autant que
moi ; car sitôt que j'aurai fini de dîner, j'irai vous rejoindre au café et vous raconterai de point en point
tout ce qu'il m'aura dit.... Mais, pour l'amour de Dieu,
quittez-moi vite, je le vois venir.

Et en effet, le docteur paraissait en ce moment au
détour de la rue Frédéric.

— La blessure n'est pas mortelle, dit-il au président
en l'abordant. Le coup paraît avoir été porté d'une
main mal assurée. Aucun organe important n'a été atteint. La malade a recouvré sa connaissance, et, sauf
une extrême faiblesse causée par le sang qu'elle a perdu, je ne vois plus aucun sujet de crainte.

— Voilà de bonnes nouvelles ! repartit Bolnau en pre-
nant sans façon le bras du médecin. Mais permettez-
moi de vous accompagner jusqu'à la porte du château :
je meurs d'envie de connaître quelques détails sur cet
étrange événement. Il y a là un mystère...

— Que jusqu'ici je n'ai pas réussi à percer, interrompit M. Lange. Hier, à minuit, au moment où je venais de me mettre au lit , mon domestique entre dans
ma chambre d'un air effaré et me dit qu'on me demande. Je m'habille à la hâte, et dans l'antichambre je
trouve une jeune fille pâle et tremblante qui me prie,
les larmes aux yeux, de courir près de sa maîtresse qui
se meurt. Je me mets aussitôt en devoir de la suivre ;
elle me dit tout bas de prendre ma trousse. Quoique

cette recommandation fût de nature à m'étonner, je ne fais aucune question, je monte dans ma voiture, qui, par bonheur, n'était pas encore dételée, et bientôt je roule au grand trot, conduit par la mystérieuse femme de chambre qui s'était assise sur le siége à côté de mon cocher. Nous arrivons sur la place des Tilleuls ; la voiture s'arrête devant une petite maison ; je descends et je demande près de qui je suis ainsi appelé.

— Je devine votre étonnement.

— Il fut des plus grands, je vous l'avoue, quand on me répondit : près de la signora Bianetti ! Je l'avais vue souvent au théâtre, et je m'étais rencontré avec elle dans le monde deux ou trois fois. Mais l'heure indue à laquelle on était venu me chercher, l'air singulier de la domestique et surtout cette invitation faite à voix basse de prendre ma trousse, tout cela, j'en conviens, m'intriguait fort et je me demandais avec une curiosité mêlée d'effroi ce qui pouvait être arrivé à notre aimable prima-donna. J'entre pourtant, je monte un petit escalier et traverse un corridor étroit, toujours guidé par la femme de chambre, qui me laisse dans l'obscurité en me priant d'attendre un instant. Deux minutes après elle revient, plus bouleversée et plus pâle qu'auparavant :

« Venez, monsieur, me dit-elle, venez !... Mais, bien sûr il est trop tard ! Vous ne pourrez pas la sauver !...

En prononçant ces mots entrecoupés par des sanglots, elle m'avait introduit dans la chambre de sa maîtresse ; un spectacle effrayant s'offrit alors à mes regards.

Le docteur se tut et resta un instant sombre et silencieux. On eût dit qu'il cherchait à repousser le pénible tableau que sa mémoire trop fidèle présentait en ce moment à son imagination.

Son indiscret ami craignit de voir sa curiosité déçue.

— Continuez ! s'écria-t-il, continuez, je vous en supplie. Je suis sur des épines.

— J'ai vu bien des choses dans ma vie, reprit le médecin après avoir recouvré son sang froid, bien des choses qui m'ont fait frémir et frissonner ; mais jamais rien qui m'ait ému aussi profondément que ce que je vis hier. Dans une chambre faiblement éclairée, sur un sopha de velours foncé, gisait étendu sans mouvement le corps d'une jeune femme ; à genoux près d'elle une vieille domestique tenait à deux mains un mouchoir qu'elle appuyait sur le cœur de sa maîtresse. J'approchai. Blanche et raide comme un buste de marbre, la tête de la mourante était penchée en arrière ; ses cheveux noirs épars sur ses épaules, ses sourcils noirs, ses longs cils noirs contrastaient sinistrement avec l'éblouissante blancheur de son front, de son visage et de sa gorge demi-nue. L'élégant domino de taffetas blanc, dont les plis avaient été écartés à la hâte par la main tremblante de la vieille femme, ruisselait de sang ; le plancher était taché de sang, et déjà commençait à se faire jour, à travers le mouchoir rougi, le jet terrible qui s'échappait du cœur.

— Dieu ! quel tableau déchirant ! s'écria Bolnau visiblement ému. Cette pauvre Bianetti ! Elle qui représentait encore, dimanche dernier, la mort de Desdémona !... Et avec tant de vérité qu'on aurait cru qu'Othello l'avait réellement poignardée !... Qui eût dit que huit jours après elle serait elle-même frappée par un assassin !... Non ! je ne puis retenir mes larmes !

Et le brave homme tira de sa poche un vaste foulard de soie qu'il porta à ses yeux.

— Ne vous ai-je pas prescrit, dit sévèrement le médecin, de vous interdire toute émotion violente ? Tenez-vous absolument à avoir encore vos attaques ?

— Vous avez raison, docteur, répondit Bolnau, et il remit bien vite son foulard dans sa poche. Vous avez raison, avec ma constitution, je ne puis me permettre de semblables émotions. Continuez votre récit. Je vais compter en passant les vitres du ministère de la guerre ; il n'y a rien de tel pour calmer le cœur et refroidir l'imagination.

— Comptez encore, s'il le faut, toutes les vitres du palais ducal, mais laissez-moi poursuivre mon récit. La vieille domestique ôta son mouchoir, et je vis une blessure qui ressemblait à un coup de couteau. Elle paraissait profonde, et je crus au premier abord que le cœur avait été percé. Remettant à un moment plus opportun toutes les questions qui se pressaient en foule sur mes lèvres, je sondai la blessure et posai le premier appareil. Sauf un tressaillement douloureux que lui causa le contact de la sonde, la blessée ne donna pas signe de vie pendant toute la durée de l'opération. Elle semblait plongée dans un assoupissement profond ; je ne cherchai pas à l'en tirer, jugeant plus prudent de laisser agir la nature.

— Mais la femme de chambre, la vieille domestique... Ne leur avez-vous pas demandé d'où venait cette blessure ?...

— Vous êtes mon vieil ami, président, et je n'ai point de secret pour vous : je vous avouerai donc en confidence qu'aussitôt que j'eus donné à la malade tous les soins exigés par son état, je déclarai aux deux femmes que je me retirerais sur-le-champ pour ne plus revenir, si elles ne me faisaient l'aveu sincère de tout ce qui s'était passé.

— Et que répondirent-elles ?... Parlez donc !...

— A onze heures et demie, la chanteuse était rentrée, accompagnée d'un homme de haute taille, déguisé et masqué. Je fis, à ce qu'il paraît, en apprenant cette circonstance, une mine assez singulière ; car aussitôt les deux femmes se mirent à pleurer et à me supplier de ne point mal penser de leur maîtresse. Jamais, depuis qu'elles étaient à son service, il n'était venu d'homme chez elle passé cinq heures de l'après-midi ; elles l'attestaient avec tous les sermens imaginables ; et même la jeune femme de chambre, qui devait avoir lu quelques romans, m'assura que la signora était un ange d'innocence.

— J'en suis convaincu aussi, interrompit le président avec feu ; il n'y a rien à dire sur le compte de la Bianetti ; c'est une bonne et honnête enfant ; ce n'est pas sa faute si elle est belle et si elle est réduite à chanter pour gagner sa vie !...

Et, pour comprimer l'émotion qui le gagnait de nouveau, l'excellent Bolnau se mit à compter, pour la seconde fois, les vitres du château devant lequel les deux interlocuteurs étaient arrêtés depuis quelques instans.

— Croyez-moi, président, reprit M. Lange, un médecin a sur ce point délicat des diagnostics plus sûrs que toutes les inductions psychologiques. Et mieux que les sermens des deux domestiques, un seul regard jeté sur les traits purs et chastes de la pauvre fille, suffisait pour me convaincre de sa vertu et pour écarter de mon esprit toute supposition injurieuse. Mais écoutez la suite : La chanteuse monta donc chez elle avec l'étranger et dit à sa femme de chambre de sortir. Mais, soit curiosité, soit pressentiment, celle-ci resta tout près de la porte. Elle ne tarda pas en effet à entendre une conversation des plus animées; et quoique les deux interlocuteurs parlassent français, elle comprit sans peine, aux intonations des deux voix, que la jeune femme suppliait et que l'inconnu menaçait. L'accent de ce dernier devenait de plus en plus rude; celui de la signora de plus en plus ému et désespéré; enfin elle se mit à sangloter; l'homme éclata en horribles imprécations, et soudain un cri perçant retentit. Au comble de l'angoisse, la domestique ouvre brusquement la porte et l'étranger passe près d'elle en courant. Elle fait quelques pas pour le suivre; mais arrivée au bord de l'escalier elle entend en bas un bruit effroyable, la chute d'un corps, puis des gémissemens entrecoupés d'affreux jurons. Sans doute l'homme était tombé en descendant précipitamment, et s'était blessé. Mais elle ne se sent pas le courage d'aller à lui, elle rentre dans la chambre, et que voit-elle? Sa maîtresse baignée dans son sang, qui prononce quelques mots mal articulés, ferme les yeux et s'évanouit. Je vous laisse à penser, mon cher Bolnau, la terreur et l'embarras de la pauvre petite; heureusement, la vieille servante, attirée par tout ce bruit, vint enfin à son secours; elle l'aida à étendre la mourante sur le sopha, et lui dit de m'aller chercher au plus vite, tandis qu'elle-même veillerait sur sa maîtresse.

— Et la Bianetti ne vous a-t-elle rien dit? Ne l'avez-vous pas interrogée, quand elle a repris connaissance?

— Je laissai la chanteuse assoupie et j'allai sur-le-champ faire ma déclaration au commissaire de police, qui se leva aussitôt et mit ses agens en campagne. Toutes les auberges, tous les cabarets, furent fouillés; des ordres sévères furent donnés pour qu'on ne laissât sortir personne de la ville sans les plus rigoureuses formalités. Les portes étaient fermées depuis plus de deux heures, et personne ne s'était présenté pour se les faire ouvrir : l'assassin était donc encore dans nos murs. Cependant la maison même de la Bianetti était l'objet des plus minutieuses perquisitions. Les autres locataires n'avaient rien vu, ni rien entendu; seulement, on trouva au bas de l'escalier une large mare de sang, ce qui autorise à penser qu'en tombant, le scélérat a dû se blesser grièvement, et peut-être même avec son propre poignard. Vers dix heures du matin, la chanteuse sortit de sa léthargie. Immédiatement averti, le commissaire de police se transporta auprès d'elle pour recevoir sa déposition. Elle protesta qu'elle ne savait pas, qu'elle ne soupçonnait même pas qui pouvait être le misérable qui avait voulu la tuer. Le commissaire fut obligé de se contenter de cette déclaration. D'autre part, les recherches de ses agens avaient été vaines. Il ne reste plus qu'une chance de découvrir le coupable : c'est que la gravité de sa blessure le force à réclamer les soins d'un homme de l'art. Tous les médecins et chirurgiens de la ville ont été prévenus en conséquence. Voilà où en sont les choses. Quant à moi, je suis convaincu que Bianetti en sait plus long qu'elle ne le veut dire. Elle n'est pas femme à se laisser accompagner chez elle à minuit par un inconnu. Il y a là dessous quelque mystère qu'elle ne veut point révéler; et telle me paraît être aussi l'opinion de la femme de chambre qui était présente à l'interrogatoire. Quand elle s'aperçut que sa maîtresse n'était point disposée à s'expliquer, elle évita de donner elle-même des éclaircissemens qui auraient pu rendre suspectes au commissaire les réticences de la signora. Elle ne parla point de la discussion qu'elle avait entendue et me lança un regard suppliant pour m'engager à imiter sa discrétion.

— C'est un terrible événement, me dit-elle sur l'escalier, en me reconduisant ; mais rien au monde ne me déciderait à découvrir ce que, pour un motif ou un autre, ma bonne maîtresse croirait devoir cacher.

Il paraît, du reste, que j'avais su gagner la confiance de la petite ; car en me quittant elle me révéla encore une petite circonstance qui pourrait me peut-être jeter du jour sur cette mystérieuse affaire.

— Et ne puis-je donc la connaître, cette circonstance? demanda le président. Vous voyez comme je suis intrigué, surexcité!... Ah! docteur, par pitié, calmez-moi,... ou je vais avoir une attaque.

— Avant tout, mon cher Bolnau, dites-moi une chose. Savez-vous s'il n'y a en ce moment personne à R... qui porte le même nom que vous ?.. Cherchez un peu... Etes-vous bien sûr d'être le seul Bolnau que notre charmante petite ville renferme actuellement dans ses murs ?

— Le seul à vingt lieues à la ronde! répondit le président. Je me suis toujours félicité de ne pas m'appeler Leblanc, Lenoir, Lebrun, ou bien encore Meunier ou Boulanger, parce qu'avec un nom aussi commun on est exposé à mille méprises plus désagréables les unes que les autres. Grâce à Dieu, je suis le seul mâle de ma famille. Je ne parle pas de mon fils: mon pauvre Charles! Il est en Amérique depuis plusieurs années; c'est la musique qui l'a conduit là; les doubles croches lui sont montées au cerveau; il est fou maintenant, fou à lier!... Mais pourquoi m'avez-vous fait cette question? Qu'a de commun mon nom avec l'assassinat de la Bianetti?

— Oh! rien en vérité. Ce ne peut être de vous qu'on aura voulu parler ; et quant à votre fils, il est en Amérique. Mais il est déjà midi un quart; la princesse Sophie est malade, et vous m'avez fait perdre mon temps à causer. Adieu ! au revoir !...

— Vous ne m'échapperez pas ainsi, s'écria Bolnau, saisissant le docteur par le bras. Je ne vous permettrai pas de me quitter avant que vous m'ayez répété ce que vous a confié la femme de chambre !...

— Vous y tenez absolument, eh bien ! je vais vous le dire, mais soyez discret. Mon cher Bolnau, la dernière parole que la chanteuse ait prononcée avant de s'évanouir, ç'a été... votre nom !...

Et l'impitoyable docteur entra au château, laissant M. Bolnau soucieux et préoccupé comme on ne l'avait jamais vu.

Il était ordinairement si gai et de si joyeuse humeur, l'honnête président. Il avait la physionomie si ouverte, le visage si riant et si épanoui !

N'avait-il pas en effet sujet d'être content de lui-même et de sa destinée ? Né dans une position modeste, il avait su gagner en quelques années, par d'heureuses spéculations, une fortune assez considérable ; puis, quand il s'était trouvé riche assez pour quitter les affaires, il s'était retiré à R..., où il n'avait pas tardé à être nommé président du tribunal de commerce. Son ambition n'allait pas plus loin.

Il avait un fils sur lequel il avait longtemps compté pour faire fructifier ses capitaux et pour continuer glorieusement la dynastie financière des Bolnau.

Mais le jeune homme ne s'était guère montré disposé à réaliser les espérances paternelles. Il aimait la musique avec passion. Il avait pour le commerce une aversion insurmontable. Sauf cette différence de goûts, il avait avec son père une grande ressemblance de caractère : il était, comme lui, entêté et colère. C'était une raison de plus pour qu'ils ne pussent pas vivre longtemps ensemble.

L'orage éclata le jour où le négociant, ayant atteint ses cinquante ans, expliqua nettement ses intentions à son fils, qui venait d'entrer dans sa vingt-unième année. Nous ne décrirons pas la scène qui eut lieu alors entre les deux Bolnau. Seulement, le lendemain matin, quand on chercha M. Charles pour le déjeûner, on ne le trouva plus : il était parti dans la nuit, chargé des imprécations paternelles et de deux ou trois partitions d'opéra.

Six mois après, il écrivait à ses parens une lettre datée de New-York, où il parlait beaucoup de Rossini et de Meyerbeer, et de lui-même point du tout. Son père le déclara plus fou que jamais, et se consola de son absence en songeant que tôt ou tard il eût été obligé de le faire enfermer.

Ce fut à peu près vers cette époque que M. Bolnau vint se fixer à R... Les embarras d'un changement de domicile contribuèrent puissamment à le distraire de ses chagrins domestiques. La haute dignité dont il fut honoré presque en arrivant, acheva de les lui faire oublier.

L'enfant prodigue y travailla de son côté, car il n'écrivit plus. Pas de nouvelles, bonnes nouvelles, se dit pendant quelque temps l'insouciant vieillard ; puis bientôt il ne se dit plus rien.... du moins sur ce chapitre.

C'est tout au plus si, de loin en loin, quand le mauvais temps le retenait au logis ou que son asthme le clouait au coin du feu, il se prenait à songer à son fils et à regretter d'avoir été trop sévère.... Mais ces momens-là étaient courts autant que rares. Le soleil reparaissait, la santé revenait et Bolnau, emprisonnant sa longue et maigre personne dans un habit fait à la dernière mode, s'en allait, le lorgnon au cou et la cravache à la main, se promener sur le large trottoir de la grande rue. Il oubliait alors d'un même coup et ses infirmités et ses regrets ; il oubliait jusqu'à ses soixante ans. Et ma foi, l'on était tenté de le lui pardonner, en voyant l'air enjoué et la mine gracieuse avec laquelle il distribuait ses saluts à droite et à gauche, s'inclinant respectueusement devant les dames et les demoiselles, prodiguant aux hommes de cordiales poignées de main, souriant même aux petits enfans, gesticulant, causant, badinant avec tout le monde.

Mais aujourd'hui, l'honorable président ne ressemblait guère à ce riant portrait.

Le brave homme n'avait pas la tête forte, et quoique la pratique assidue des affaires et l'austère discipline d'une vie constamment occupée l'eussent préservé jusqu'ici de tout acte réellement excentrique, les mauvaises langues de son pays natal avaient toujours prétendu qu'il n'était pas plus exempt que son fils de ce petit grain de folie héréditaire dans la famille des Bolnau. La circonstance présente faillit leur donner raison.

Déjà fortement ému par l'aventure tragique de la chanteuse, il chancela sous le dernier mot du docteur, comme sous un coup de foudre. Le nom de Bolnau prononcé par la Bianetti expirante ! Cet honorable nom proféré dans un moment si grave ! À cette pensée, l'ex-négociant sentit ses genoux se dérober sous lui ; il baissa la tête et cacha son front dans ses mains glacées.

— Si elle allait mourir ! se dit-il avec effroi ; si alors la femme de chambre se décidait à tout révéler, à raconter au commissaire de police ce qu'elle lui a dissimulé, tout jusqu'à la fatale parole ! N'y aurait-il pas là matière à de séduisantes inductions pour un magistrat désireux de faire admirer sa perspicacité !

En ce moment, Bolnau passait près de la devanture d'un magasin, où il vit se refléter sa longue silhouette.

— L'assassin était grand et maigre, pensa-t-il avec terreur ; et, pour respirer plus librement, il se mit à desserrer son col. Mais, à peine y eut-il porté la main, qu'il frissonna de nouveau : la hideuse cravate de chanvre s'était présentée à son esprit !

Cependant, il marchait toujours d'un pas rapide, quoique mal assuré. Rencontrait-il quelqu'un de connaissance qui lui faisait signe de la tête ou de la main, il se disait : « C'est pour me faire comprendre qu'il sait déjà tout... » Négligeait-on, au contraire, de le saluer, il croyait que l'on feignait de ne le point reconnaître, pour éviter toutes relations avec un meurtrier.

Pour rentrer chez lui, il lui fallait passer devant la prison et devant le bureau du commissaire de police. Il fit un grand détour pour éviter ces deux sinistres maisons. Le commissaire de police ne pouvait-il pas l'apercevoir et lui crier de sa fenêtre : Mon cher, donnez-vous donc la peine de monter un instant chez moi, j'aurais deux mots à vous dire. Rien qu'en y songeant, il se sentait trembler; qu'aurait-ce été s'il avait dû réellement comparaître devant le magistrat ! Celui-ci n'aurait-il pas dû prendre pour autant d'indices accusateurs cette pâleur qui glaçait en ce moment son visage, ce frisson qui agitait tous ses membres?

Mais tout à coup il se rappela combien étaient nuisibles à son tempérament de semblables émotions, et, plein d'anxiété, il se mit à chercher les vitres des fenêtres; mais cette dernière ressource même lui fut refusée: les maisons semblaient danser autour de lui, et derrière chaque carreau il croyait voir apparaître une tête grimaçante. Une épouvante folle s'empara de lui. Il se mit à courir de toutes ses forces jusqu'à ce qu'il eût atteint sa propre maison, ouvrit la porte avec fracas et se jeta épuisé dans un fauteuil.

Une violente quinte de toux le saisit et pendant longtemps il ne put répondre un seul mot à sa femme, qui, dans son inquiétude, l'accablait de questions. Enfin il recouvra la parole. Le premier usage qu'il en fit fut de s'informer s'il n'était point venu un agent de police demander après lui.

II.

GIUSEPPA BIANETTI.

Lorsque dans la soirée, le docteur Lange retourna voir son intéressante malade, il la trouva beaucoup mieux qu'il ne s'y attendait. Il s'assit à côté de son lit, et amena la conversation sur l'événement de la veille.

La Bianetti reposait, mollement accoudée sur un

oreiller garni de dentelle ; sa main blanche et délicate soutenait sa gracieuse tête. Elle était encore fort pâle ; mais cette pâleur même semblait ajouter au charme de sa physionomie. Ses yeux noirs n'avaient rien perdu de leur éclat ; et quoique le docteur ne fût plus dans l'âge où l'on est aisément subjugué par la beauté, il ne pouvait s'empêcher de reconnaître que jamais il n'avait vu une créature plus séduisante. Les traits de la chanteuse n'étaient pourtant rien moins que réguliers ; mais leur ensemble avait quelque chose de si harmonieux, leur expression était à la fois si digne et si touchante, que l'on n'eût voulu pour rien au monde les voir ramenés à des proportions plus parfaites. Qu'est-ce que la pureté des lignes et la correction des contours en comparaison de cette divine splendeur que jette sur un visage le reflet d'une belle âme !...

Et tel était en effet le mot de l'énigme, que depuis quelques instans le docteur cherchait : ce qui rendait la Bianetti si ravissante, ce n'était point l'éblouissante blancheur de son teint, ni ses longs cils bruns, ni le feu sombre de sa prunelle veloutée, c'était son innocence virginale, et sa candeur céleste ; c'étaient surtout la noblesse et la bonté de son cœur.

— Eh bien ! docteur, dit-elle en souriant à M. Lange qui semblait plongé dans une profonde contemplation. Vous vous taisez. Et au lieu de me répondre vous vous livrez à une sorte d'examen psychologique ou pathologique des traits de mon visage ! Avez-vous oublié ce que je viens de vous demander ? Ou bien, ce que vous auriez à me dire est-il trop terrible pour que je puisse l'entendre ? Ne puis-je savoir enfin ce que l'on dit dans la ville du sinistre accident qui m'est arrivé ?

— Que vous importent les folles suppositions d'un tas de gens désœuvrés ! Vous avez la conscience tranquille, le cœur pur — plus je vous considère et moins j'en puis douter. — Laissez donc dire et ne vous inquiétez pas des jugemens des autres.

— Vous voulez éluder ma question, monsieur, et vous croyez vous tirer d'affaire avec un compliment. Mais je ne me contente pas si facilement, et, quoi que vous en disiez, je crois devoir m'inquiéter beaucoup des jugemens des autres. Qu'y a-t-il de plus précieux pour une honnête fille que sa réputation ? Vous pensez comme moi, j'en suis sûre ; seulement comme j'appartiens à une profession où d'ordinaire on ne craint pas le scandale, vous supposez que je dois m'être mise au dessus du qu'en dira-t-on. C'est mal, docteur, c'est très mal.

La Bianetti avait prononcé ces derniers mots d'un ton sérieux et pénétré qui n'échappa point à M. Lange.

— Pardonnez-moi, mademoiselle, répondit-il, je suis persuadé que vous tenez beaucoup à votre réputation. La vie retirée et exempte de reproches que vous menez depuis que vous êtes ici en est une preuve convaincante. J'ai voulu dire seulement que vous ne deviez pas vous préoccuper outre mesure des vagues suppositions que votre mystérieuse aventure a pu faire naître. Et c'est comme médecin que je crois au moins inutile de vous les faire connaître dans l'état de faiblesse où vous êtes encore.

— Je vous en prie, docteur, dit la chanteuse avec vivacité, ne me mettez pas plus longtemps à la torture. Je lis dans vos yeux que ces suppositions dont vous parlez me sont défavorables, et j'en sais dès lors assez

pour ne plus pouvoir recouvrer de repos qu'en connaissant la vérité tout entière.

— Une rougeur fiévreuse s'était répandue sur les traits de la malade, et le médecin, convaincu que de plus longues réticences ne feraient que l'agiter davantage, se décida enfin à parler. Ne pouvait-elle pas d'ailleurs tout apprendre d'une amie imprudente ou d'une femme de chambre indiscrète ?

— Vous connaissez notre pays, répondit-il. Vous savez que R.... est une petite ville dans toute la force du terme, quoique la population en soit considérable. Peu de commerce, peu d'activité et de mouvement ; beaucoup de désœuvrement et d'ennui, partant beaucoup de commérages. Il n'est donc pas étonnant qu'une aventure comme la vôtre ait produit une grande sensation ; et je ne vous apprendrai rien, en vous avouant que depuis ce matin vous êtes le sujet de toutes les conversations. Faute de renseignemens certains, on fait sur cet étrange événement les hypothèses les plus extravagantes. Aussi, dans l'opinion du plus grand nombre, l'individu masqué que l'on a vu s'entretenir avec vous pendant le bal et monter ensuite dans votre voiture serait....

— Mais parlez donc, docteur !.. Achevez, je vous en supplie !...

— Un amant, qui vous aurait connue dans une autre ville, et que la jalousie aurait poussé à vous assassiner.

— Voilà donc ce que l'on dit de moi !... Malheureuse que je suis ! s'écria la chanteuse douloureusement émue ; et des larmes coulèrent de ses beaux yeux. Mais continuez, monsieur : ne dit-on pas encore autre chose ? Ces gens si bien informés ne nomment-ils pas la ville où j'aurais eu des relations avec mon futur assassin ?

— Je vous croyais plus forte, dit le médecin effrayé de l'effet que ses paroles avaient produit sur la malade. Je suis fâché d'en avoir tant dit, et je ne m'en console qu'en songeant que tôt ou tard d'autres vous auraient tirée de votre ignorance.

La prima-donna sécha précipitamment ses larmes et s'efforça de sourire.

— Ce n'est rien, reprit-elle, rien du tout, docteur ! Un peu de désappointement seulement d'être si sévèrement jugée par ce même public qui me prodigue si généreusement les couronnes et les bravos. C'est une faiblesse d'enfant gâté. Mais continuez, je vous en supplie ; continuez, mon bon M. Lange.

— Eh bien ! poursuivit à regret le docteur, on prétend encore qu'à la dernière représentation d'*Othello* vous fûtes reconnue par un étranger, un prince russe, je crois, qui assura vous avoir rencontrée à Paris, il y a deux ans, dans une maison assez mal famée... Mais mon Dieu ! il me semble que vous pâlissez encore !...

— Non... c'est la lumière de la lampe qui vient de baisser un peu ; continuez de grâce, continuez !

— L'assertion de l'étranger a été accueillie avec empressement par tous ceux qui ne pouvaient vous pardonner de n'avoir point jusqu'ici donné prise à leur médisance. Ils l'ont colportée activement, et aujourd'hui qu'une nouvelle circonstance vient de tourner sur vous la curiosité publique, ils cherchent à établir un lien entre l'événement d'hier et ce qu'ils croient savoir de votre vie passée. Ce serait à Paris, dans la maison où vous avez été vue, que vous auriez fait la connaissance de votre Othello...

Pendant que le médecin parlait, les traits expressifs de la malade avaient passé tour à tour de la rougeur la plus vive à la plus mortelle pâleur.

Elle s'était dressée sur son séant, comme pour mieux entendre, et son œil ardent, fixé sur les lèvres de son interlocuteur, lisait à travers le langage bienveillant et les expressions adoucies du bon M. Lange, les propos odieux qui circulaient dans la ville, proférés tout haut par mille bouches impitoyables.

— C'en est fait ! s'écria-t-elle tout-à-coup avec l'accent d'une poignante douleur. Et épuisée par l'effort qu'elle venait de faire, elle retomba sur ses coussins et fondit en larmes. C'en est fait !... il n'est pas possible qu'il ignore plus longtemps ce qu'on dit de moi... Sans doute il le sait déjà !... et c'est pour cela qu'il ne veut plus venir ! Oh ! mon Dieu ! que ne suis-je morte hier !

Etonné de cette soudaine exclamation, dont il ne pouvait pénétrer le sens, le docteur cherchait des paroles capables de calmer et de consoler la belle affligée, quand tout-à-coup la porte s'ouvrit avec fracas et un personnage, que nous n'avons pas encore vu, s'avança brusquement vers le lit de la chanteuse.

C'était un grand et beau jeune homme, à la physionomie intelligente et passionnée. Mais ses cheveux, rejetés en arrière, pendaient en désordre ; ses sourcils contractés plissaient son front, et son regard brillait d'un feu étrange. Il tenait à la main un énorme cahier de musique roulé qu'il brandit plusieurs fois d'un air menaçant, en attendant que la colère qui semblait le suffoquer lui permît de parler.

En le voyant entrer, la Bianetti poussa une exclamation que le docteur prit d'abord pour un cri d'effroi ; mais il s'aperçut bientôt qu'il s'était trompé. La joie illuminait le gracieux visage de la jeune femme ; un doux sourire errait sur ses lèvres, et ses yeux rayonnaient à travers les larmes dont ils étaient encore remplis.

— Carlo ! Carlo ! s'écria-t-elle ; tu viens donc enfin me voir !

— Malheureuse !... dit le jeune homme en étendant majestueusement vers elle son bras armé de l'immense rouleau. Cesse ton chant de sirène ! Je viens... te juger !

— O Carlo ! reprit-elle de sa voix la plus douce et la plus mélodieuse, peux-tu parler ainsi à ta Giuseppa !

Le nouveau venu allait poursuivre sa véhémente invective, quand le médecin, jugeant cette scène pathétique nuisible à la santé de sa cliente, crut nécessaire d'intervenir.

— Mon cher monsieur Carlo, dit-il, permettez-moi de vous faire observer que mademoiselle est encore trop faible pour essuyer le choc de semblables apostrophes.

Et en même temps, le conciliant docteur offrait au jeune exalté une pacifique prise de tabac.

Mais celui-ci toisa dédaigneusement M. Lange des pieds à la tête, et dirigea contre lui le menaçant rouleau.

— Qui es-tu, ver de terre ? lui dit-il d'une voix à la fois creuse et sonore. Qui es-tu, pour oser te placer entre moi et l'objet de ma colère ?

Je suis, répondit le médecin en refermant sa tabatière, docteur en l'art d'Esculape, membre correspondant de plusieurs académies ; et quant au titre de ver de terre, il ne se trouve pas, que je sache, parmi mes grades et distinctions honorifiques. Peu m'importent, du reste, les noms qu'il vous plaira de me donner, pourvu que vous n'ignoriez pas qu'au chevet de mes malades je règne en maître absolu. Tâchez donc de baisser un peu votre diapason, ou je me verrai obligé de vous renvoyer d'ici.

— Oh ! laissez-le, docteur, dit la Bianetti d'un ton suppliant. Ne l'irritez pas davantage. Carlo est mon ami ; il ne me fera pas de mal, quelques calomnies que les méchans aient pu lui dire !

— Ah ! tu oses encore essayer de me tromper, malheureuse ! Mais tu n'y réussiras plus. Le voile dont tu cherchais à t'envelopper est déchiré ; je connais ton secret ; je sais maintenant pourquoi tu ne voulais pas me dire qui tu étais, ni d'où tu venais ; pourquoi tu me fermais la bouche avec tes perfides baisers chaque fois que je voulais connaître ton passé ! Fou que j'étais ! je me suis laissé prendre aux roulades d'une prostituée !

— Carlo ! interrompit timidement la chanteuse.

— Comme si je n'avais pas su, poursuivit celui-ci avec une fureur croissante, que d'un gosier de femme il ne peut sortir que des mensonges, et que leur prétendu chant de colombe n'est qu'un sifflement de vipère !

— Carlo, pitié ! tes reproches me déchirent l'âme ! ton cruel soupçon me fait plus de mal que le poignard de l'assassin !

— Le Parisien, ma belle, t'a punie comme tu le méritais. Espérais-tu donc que tous tes amoureux seraient aussi niais que moi ?

Et un rire amer contracta les traits de l'insensé.

— Cela devient intolérable ! s'écria le docteur, en saisissant le jeune homme par le collet de son habit. Sortez, monsieur, sortez sur-le-champ, ou j'appelle les gens de la maison pour m'aider à vous jeter à la porte.

— Un peu de patience, ver de terre, un peu de patience !... répondit Carlo en repoussant rudement le docteur, qui tomba assis dans son fauteuil. Je m'en vais ! je m'en vais pour ne plus revenir, Giuseppa !... Soigne-toi bien, guéris-toi... ou plutôt meurs, malheureuse !... Va cacher ta honte dans les entrailles de la terre. Et tâche que je ne te rencontre pas dans l'autre monde, car je ne voudrais pas du paradis s'il me fallait le partager avec toi qui as trompé mon amour, détruit le bonheur de ma vie et empoisonné mon âme pour toujours !...

En prononçant ces derniers mots, il s'était dirigé vers la porte. Il se retourna pour regarder encore une fois celle qu'il avait tant aimée, et le docteur put lire dans ses yeux le douloureux combat de la tendresse et de la colère, de l'amour et de la haine. Le malheureux jeune homme voulut parler ; mais son émotion l'en empêcha, les larmes étouffèrent sa voix, et après avoir fait encore quelques gestes avec le rouleau qu'il tenait, il s'enfuit en sanglottant

— Retenez-le ! cria la chanteuse ; courez après lui ! Ramenez-le !

— Pas du tout, ma chère ! dit le docteur en se levant. Nous n'avons que faire ici de ce furieux. Ce qu'il vous faut, c'est deux ou trois cuillerées d'un bon calmant, et je vais vous en rédiger la formule.

Mais tandis que M. Lange prenait tranquillement la plume pour écrire son ordonnance, sa malade devenait pâle comme la mort et perdait connaissance.

Il appela la femme de chambre à son secours, et tout en donnant ses soins à la maîtresse, il ne put s'empêcher de gronder la domestique.

— Je vous avais recommandé d'interdire la porte à tout le monde, et vous laissez monter ici ce jeune extravagant ! C'est une imprudence qui peut avoir les suites les plus graves.

— Oh bien ! certainement, monsieur, répondit la femme de chambre en pleurant, je n'aurais laissé entrer personne; mais *lui*, je ne pouvais le renvoyer. Elle m'avait envoyée trois fois chez lui, aujourd'hui pour le supplier de venir, ne fût-ce qu'un moment. Mademoiselle m'avait même chargée de lui dire, qu'elle allait mourir et qu'avant sa mort elle souhaitait de le voir une dernière fois !

— Ah !... Et qui est donc cet heureux mortel ?...

En ce moment la malade rouvrit les yeux; ses regards parurent chercher quelqu'un; mais ils ne rencontrèrent que le médecin et la femme de chambre.

— Il est parti ! dit-elle d'une voix faible, parti pour toujours. O! mon bon docteur, allez le trouver, allez chercher Bolnau !

— Eh! mon Dieu ! que voulez-vous faire de mon pauvre président? Votre histoire ne l'a déjà que trop ému, et je crains qu'il ne lui faille prendre le lit. Pourtant, si vous le voulez absolument...

— Pardon, docteur, je me suis trompée; j'ai voulu dire Boloni; c'est le nom du jeune homme qui sort d'ici ; il est maître de musique et demeure à l'hôtel du Faisan-Doré.

— Je me souviens d'avoir entendu parler de lui, répondit M. Lange. Mais pourquoi m'envoyez-vous chez lui ?

— Dites-lui qu'il revienne, seulement encore une fois, je lui dirai tout.... Mais non !... pas à lui; je ne le pourrai jamais... A vous plutôt, docteur, j'ai confiance en vous : je vous raconterai tout, et puis.... vous le lui répéterez, n'est-ce pas ?

— Volontiers, si cela peut vous rendre le calme qui vous est si nécessaire.

— Ainsi, c'est convenu. Vous reviendrez demain matin ; ce soir, je n'ai plus la force de parler. A bientôt donc, monsieur, au revoir. Louisette, donnez donc au docteur son mouchoir.

La femme de chambre ouvrit un tiroir et présenta à M. Lange un foulard de soie orange qui répandit immédiatement dans la chambre une forte odeur d'héliotrope.

— Ce n'est pas à moi, dit le médecin, je ne me sers que de mouchoirs de toile et je n'ai pas coutume de les parfumer ainsi.

— Cependant, monsieur, répliqua la domestique, nous l'avons trouvé par terre ce matin dans le corridor et depuis hier soir il n'était venu ici que vous...

— Et encore une autre personne, interrompit M. Lange en attachant sur la chanteuse un regard scrutateur.

Elle rougit légèrement.

— Ce soupçon, dit-elle, ne m'était pas venu. Montrez-moi.

Elle regarda attentivement le mouchoir, et aperçut un chiffre brodé à l'un des coins. Une pâleur mortelle se répandit sur ses traits, et le docteur la vit trembler.

— Il paraît, fit-il observer, que ce mouchoir et la personne à qui il appartient ne vous sont pas absolu-

ment inconnus. Donnez-le-moi, et permettez-moi d'en tirer parti. Il pourra nous conduire à quelque importante découverte.

La Bianetti hésita un instant; on eût dit qu'une lutte violente se livrait en ce moment dans son cœur. Enfin, elle prit son parti et tendit au médecin le mouchoir parfumé.

— Le sort en est jeté! s'écria-t-elle avec une sorte d'exaltation. Je ne puis vivre ainsi, et dût le cruel revenir me porter un coup mieux assuré , il faut que la vérité soit enfin connue. Ne vous ai-je pas d'ailleurs déjà promis de vous tout révéler ? Prenez donc ce mouchoir, docteur, et demain vous connaîtrez l'homme qui l'a laissé ici.

M. Lange rentra chez lui fort préoccupé. Les demi-confidences de l'actrice avaient surexcité son imagination habituellement si calme, et le lendemain matin, quand il se réveilla, il ne put s'empêcher de regretter les exigences de sa nombreuse clientèle qui ne lui permettaient pas de commencer sa tournée journalière par la petite maison de la place des Tilleuls. Force lui fut donc de modérer son impatience. Il se flattait d'ailleurs que dans les trente ou quarante visites qu'il allait faire à ses malades de tout rang, il ne serait pas sans apprendre quelque chose d'intéressant sur la chanteuse elle-même ou sur son étrange amoureux, M. Carlo Boloni.

Il entendit en effet beaucoup parler de la Bianetti, et put se convaincre que l'opinion publique était loin de lui être favorable. Ses envieux — une cantatrice de talent en a toujours, surtout quand elle est jeune et belle — hochaient la tête d'un air méprisant qui semblait dire : Si nous nous taisons , c'est par pitié pour cette malheureuse. Les indifférens, les gens posés, les honnêtes bourgeois haussaient les épaules : ces vagabonds, ces artistes , il leur arrive toujours quelque chose ! Quant aux partisans de Bianetti, quant à ses fanatiques admirateurs — et elle n'en manquait pas non plus — ils paraissaient honteux et embarrassés. On eût dit qu'ils rougissaient d'avoir témoigné quelque sympathie à une femme si compromise, et ces hommes qui, la veille encore, auraient été bien fiers si l'actrice applaudie eût répondu à leurs bouquets par un sourire ou par un coup d'œil, n'osaient pas aujourd'hui s'informer de la Bianetti mourante, de peur de nuire à leur propre réputation.

— La pauvre enfant ! pensa M. Lange, plus décidé que jamais à tout faire pour lui être utile.

Il chercha à recueillir quelques renseignemens sur le maître de musique. On ne le connaissait pas. Il n'était à R. que depuis deux ou trois mois et vivait fort retiré. Il prenait ses repas à l'hôtel du Faisan-Doré, où il avait loué en arrivant une petite mansarde. Son talent de compositeur paraissait être son unique revenu. Tous ceux qui s'étaient trouvés en rapports avec lui avaient remarqué en lui quelque chose de singulier et d'excentrique. Il avait par fois des accès de misanthropie qui faisaient douter de sa raison; et quand on essayait de lui tenir tête, ses emportemens ne connaissaient plus de bornes. Hommes et choses semblaient lui inspirer un dédain profond. La musique seule trouvait grâce devant lui. Quand il venait à parler de son art favori, sa belle physionomie s'illuminait, ses yeux lançaient des éclairs, son langage s'élevait jusqu'à l'éloquence. C'était un vrai plaisir que de l'écouter, et plus d'un dilettante de la ville était venu s'asseoir à la table d'hôte du Faisan-Doré, uniquement pour entendre causer Boloni. Cependant, en musique même, ses idées n'étaient point exemptes d'étrangeté et de bizarrerie : ainsi rien n'égalait son dédain pour les voix de femme, tout ce qu'il composait, il le destinait exclusivement à être chanté par des hommes; une voix d'homme seule avait du prix à ses yeux. L'opinion générale était donc que le savant maître avait le timbre légèrement fêlé. Du reste, il n'avait point d'amis, pas même de connaissances; et tout le monde ignorait sa liaison avec la Bianetti.

En faisant sa ronde, le docteur entra chez M. Bolnau; le président était encore au lit, quoiqu'il fût déjà tard: il avait le pouls agité et paraissait fort abattu. Ce qui ne l'empêchait pas de feuilleter activement un énorme in-quarto; plusieurs autres volumes étaient empilés sur une chaise à côté de lui.

— Avez-vous pris la potion que je vous ai prescrite hier? demanda le médecin.

A cette voix bien connue, M. Bolnau leva la tête :

— N'est-ce pas, docteur, dit-il sans répondre à la question qui lui était faite, n'est-ce pas qu'on n'arrête pas les gens sans un mandat émané du juge d'instruction?

— De quoi vous inquiétez-vous là ? Je vous demande si vous avez suivi mon ordonnance ?

— Vous êtes médecin de la prison, mon cher Lange. Y est-on bien mal ? La détention préventive est-elle une chose bien terrible ?

En ce moment la présidente entra.

— Qu'est-ce que tous ces livres ? lui dit le docteur.

— C'est le recueil des *Causes célèbres*, répondit-elle; mon mari les a envoyé prendre hier soir au cabinet de lecture, et toute la nuit il m'a empêché de dormir en retournant les feuilles de ces bouquins.

Le médecin haussa les épaules; quant à son client, il avait repris sa lecture.

— Ce matin, continua à demi-voix la présidente, je commençais à m'assoupir quand je fus réveillée par un grand soupir : je regardai du coin de l'œil dans le livre. M. Bolnau en était à l'histoire de cet Anglais qui a été exécuté à Londres, il y a quatre ans, pour un crime qu'il n'avait point commis.

M. Lange demanda une plume et de l'encre pour faire son ordonnance. Tandis qu'il écrivait, il entendit son ami qui parlait tout haut, se croyant seul.

— Heureusement ! disait M. Bolnau, la justice allemande ne va pas vite; et quand un procès dure dix ans, on peut toujours espérer que quelque circonstance viendra tôt ou tard révéler votre innocence.

Le docteur poursuivit le cours de ses visites et arriva enfin chez la Bianetti.

La chanteuse était sombre et découragée ; on eût dit qu'il n'y avait plus d'espoir pour elle sur la terre. Ses yeux étaient rouges : elle devait avoir beaucoup pleuré. Sa blessure offrait les symptômes les plus rassurans; mais à mesure que la malade recouvrait sa santé et ses forces physiques, son état moral semblait empirer. Cependant le langage affectueux du vieillard ne tarda pas à ramener un peu de sérénité dans son cœur et sur son front.

— Que vous êtes bon, cher docteur, lui dit-elle d'un ton pénétré; non content de guérir les plaies du corps, vous soignez encore les blessures de l'âme !

— C'est mon devoir, repartit gravement M. Lange, et je manquerais à ma mission si je ne profitais de l'intimité qui s'établit naturellement entre moi et mes malades, pour leur faire tout le bien qui est en mon pouvoir.

— Mais quand je serai rétablie, quand vous ne serez plus mon médecin, serez-vous encore mon ami et mon protecteur ? Si je dois appeler à mon secours la justice humaine, me donnerez-vous l'appui de votre bras respecté quand je devrai comparaître devant elle?

— Certainement ! répondit le docteur en tendant la main à Bianetti qui la serra avec reconnaissance.

— Réfléchissez bien à ce que vous me promettez; le monde m'accuse et me condamne; votre réputation pourrait souffrir de l'intérêt que vous témoigneriez à une femme d'un renom équivoque, à une comédienne, à une vagabonde.... Voulez-vous, malgré cela, être mon défenseur ?

— Je le serai, dit le docteur d'une voix émue.

Un regard éloquent de la chanteuse le remercia.

— Maintenant, s'écria-t-elle, je n'ai plus de secret pour vous, et, sans tarder davantage, elle commença son récit.

« Mon père, Antonio Bianetti, était un violoniste distingué; vous avez peut-être entendu parler de lui au trefois; car il voyagea beaucoup, et donna dans différens pays de brillans concerts où il fut fort applaudi. Il commença de bonne heure à m'enseigner les premiers élémens de la musique, et il me semble que je le vois encore jouant sur son violon les notes de la gamme que je répétais à mesure. C'est le seul souvenir qui me soit resté de lui. J'avais quatre ans quand il est mort. Ma mère avait une très belle voix, et souvent, du vivant de son mari, elle avait chanté dans des concerts. Son talent était désormais notre unique ressource : il nous fit vivre pendant quelque temps. Au bout d'un an, ma mère épousa un musicien allemand qui semblait avoir pour elle l'affection la plus vive, tandis qu'en réalité il ne songeait qu'à exploiter sa voix. Il nous emmena aussitôt dans une petite ville de l'Alsace où il se mit à donner des séances musicales qui d'abord lui rapportèrent des bénéfices considérables.

» Malheureusement ma mère devint grosse, et quand elle releva de couches, elle avait perdu cette voix qui était pour mon beau-père la source principale de son revenu. Il s'en vengea en accablant la pauvre femme de mauvais traitemens. Quant à moi, il ne voulait plus me donner à manger, et je crois que je n'aurais pas tardé à succomber à tant de privations, si cet homme avide n'avait imaginé un moyen de m'utiliser. C'était de faire de moi un de ces enfans-prodiges qui paient souvent si cher les talens précoces dont la nature les a doués. Il entreprit donc de m'apprendre à chanter les morceaux les plus difficiles de Mozart, de Gluck, de Rossini et de Spontini, et sitôt que j'eus répondu à ses efforts, je dus me faire entendre dans les concerts. Je n'ai pas besoin de vous dire combien de larmes je versai, combien de coups je reçus avant d'en arriver là. Chaque fausse intonation me valait un soufflet; et je ne recevais de nourriture qu'après avoir satisfait mon impitoyable maître. Ma mère, témoin et souvent même victime des brutalités de mon beau-père, passait ses journées et ses nuits à pleurer; cette douloureuse existence ne pouvait se prolonger longtemps, et un matin nous la trouvâmes morte dans son lit. J'avais alors onze ans. Privée de ma bonne mère, dont la compassion me faisait du bien, tout impuissante qu'elle était, je fus plus malheureuse que jamais. Tous les soins du ménage retombèrent sur moi. Si jeune encore, il me fallut gouverner la maison, élever mes frères et sœurs et continuer mes maudites études; c'était un véritable enfer.

» A peu près vers cette époque, commença à venir de temps en temps chez nous un étranger qui chaque fois laissait sur le secrétaire un sac plein de pièces de cinq francs. Je ne pense jamais à cet homme sans frissonner. Il était grand et maigre; sa physionomie n'avait rien de remarquable, si ce n'est deux petits yeux gris fort perçans et dont l'expression avait quelque chose de sinistre. Il paraissait s'intéresser beaucoup à moi. Il louait ma taille, mes manières, ma figure, mon chant. Il m'asseyait sur ses genoux et m'embrassait, quoique je ne dissimulasse guère la répugnance qu'il m'inspirait. Il constatait surtout avec complaisance les progrès de ma croissance. Encore deux ou trois ans, disait-il, et tu seras mûre, ma belle petite ! Et les deux hommes riaient d'un rire satanique. Le jour où j'atteignis ma quinzième année, mon beau-père me témoigna une bienveillance inaccoutumée; ses traits, sa voix exprimaient une gaîté, une bonne humeur dont je ne l'aurais point cru capable.

» Écoute, me dit-il, écoute Schepperl ! (C'était ainsi que dans son affreux patois alsacien il avait traduit mon nom de Giuseppa). Te voilà vieille et tu ne fais plus d'effet ; il faut que tu cèdes la place à ta petite sœur Christine ; c'est elle qui sera désormais l'enfant prodige. Pour toi, je ne puis te garder plus longtemps. Je n'ai rien, je ne te donnerai donc rien. Mais ton oncle de Paris veut bien se charger de toi et te prendre chez lui.

» — Mon oncle de Paris ! m'écriai-je étonnée; c'était la première fois que j'en entendais parler.

» — Oui, ton oncle de Paris , me fut-il répondu ; je l'attends tous les jours.

» Je vous laisse à penser quelle fut ma joie en apprenant cette nouvelle. Sortir enfin de cette maison où j'avais tant souffert pour aller habiter avec un oncle que je ne connaissais pas, il est vrai, mais qui m'aimait sans doute, puisqu'il voulait m'avoir près de lui. Quitter ce triste pays pour vivre à Paris, dans cette patrie du luxe et de l'élégance, dans cette ville brillante que mon imagination se peignait sous les plus séduisantes couleurs. Quel plaisir ! quel bonheur ! j'étais comme enivrée, et pendant les jours qui suivirent cette communication de mon beau-père, il ne passa pas une voiture dans la rue que je ne courusse aussitôt à la fenêtre pour voir si ce n'était pas le char enchanté qui devait m'emporter dans le pays des fées.

» Un soir, enfin, une voiture s'arrêta devant notre porte :

» — Voilà ton oncle ! me dit mon père.

» Je descendis rapidement l'escalier, et me précipitai, les bras ouverts, au devant de mon sauveur... Cruelle déception ! c'était l'homme aux pièces de cinq francs !

» Je fus sur le point de perdre connaissance, et cependant je fus frappée de la joie diabolique qui illumina le visage de l'étranger, quand il me vit si grande et si bien faite. Je vois encore étinceler ses yeux gris; j'entends sa voix aigre me crier à l'oreille :

» — Très bien, Schepperl ! très bien, ma petite colombe ! Te voilà enfin digne de faire ton entrée dans le monde.

» Il me saisit d'une main et de l'autre jeta sur une table un grand sac qui se détacha : des pièces d'or roulèrent avec fracas dans la chambre, et mon père se mit à les ramasser, aidé de mes frères et sœurs, qui battaient joyeusement des mains à la vue du brillant métal... C'était le prix du honteux marché !

» Dès le lendemain nous nous mîmes en route. Mon compagnon de voyage mit tout en œuvre pour me distraire ; il me fit le plus charmant tableau de l'existence qui m'attendait, des plaisirs qui m'étaient réservés ; ce fut en vain. L'expression de ses traits, le son de sa voix me glaçait d'épouvante, et en dépit de la riante perspective qu'il ne cessait de me montrer, je sentais mon cœur se serrer et les larmes venir au bord de ma paupière.

» La voiture s'arrêta devant une grande maison, magnifiquement éclairée. Nous étions à Paris. Dix ou douze belles et gracieuses jeunes filles vinrent au devant de nous au bas de l'escalier et m'accueillirent le plus affectueusement du monde. Elles me firent mille caresses, m'embrassèrent et m'appelèrent leur sœur Giuseppa.

» — Sont-ce là vos filles ? demandai-je à mon introducteur.

» — Oui ! ce sont mes chères enfans.

» A cette réponse les jeunes filles, ainsi que les nombreux domestiques qui étaient accourus pour nous recevoir, poussèrent de bruyans éclats de rire.

» On me conduisit dans une fort belle chambre, et le lendemain matin, je trouvai sur une chaise, près de mon lit, une ravissante toilette. Je l'examinai pièce à pièce avec une curiosité enfantine, et j'oubliai ainsi, pendant quelque temps, mes sombres préoccupations. Dans l'après-dîner, une femme de chambre vint m'habiller, et le soir je fus introduite dans le salon. Mes nouvelles sœurs, mises avec la dernière élégance, étaient assises à des tables de jeu, sur des canapés ou au piano. Elles s'entretenaient avec des messieurs dont la conversation paraissaient des plus enjouées. Mon entrée fit sensation : les causeries cessèrent, on m'entoura, on m'examina avec une curiosité qui ne laissa pas que de me blesser un peu, malgré les flatteuses exclamations qui retentissaient en même temps à mes oreilles. Mon prétendu oncle me prit par la main et me conduisit au piano, en m'invitant à chanter. Des applaudissemens universels éclatèrent dès que j'eus fini ; plusieurs jeunes gens s'approchèrent de moi et entreprirent de me faire causer. Mon français incorrect et mêlé de locutions italiennes et allemandes parut les amuser beaucoup. Et quand, la soirée terminée, je me retirai dans ma chambre, j'avais reçu assez d'éloges pour contenter la plus exigeante vanité. J'étais pourtant loin d'être satisfaite : ces mêmes complimens qui chatouillaient mon amour-propre révoltaient ma fierté, et, sans m'en rendre compte , je ne pouvais m'empêcher de trouver insultans le ton et les regards qui les avaient accompagnés.

» Plusieurs jours se passèrent ainsi ; bien des choses m'étonnaient et me choquaient dans la société où je vivais. Mais je croyais que c'était là le ton du grand monde. Le maître de la maison m'engageait à imiter les manières de mes compagnes, qui d'ailleurs semblaient plaire beaucoup aux visiteurs habituels de l'élégant salon. Comment aurai-je résisté longtemps à la contagion d'exemples si séduisans ? La Providence seule pouvait me sauver.

» Vous voyez, docteur, ce petit papier ; c'est l'instrument dont elle s'est servie. Je le trouvai un matin sous ma serviette en me mettant à table pour déjeuner. Je ne sais pas qui a écrit ce billet; mais chaque jour je prie Dieu de récompenser mon sauveur inconnu. Lisez vous-même, mon cher monsieur.

» Le médecin déplia le papier et lut ce qui suit :

« Mademoiselle,

» Un abominable suborneur a abusé de votre inno-
» cence pour vous conduire à votre insu dans une mai-
» son infâme. Vous êtes pure encore; fuyez pendant
» qu'il en est temps; ne restez pas un jour de plus sous
» ce toit où votre honneur est en danger ! »

» Quoique je ne comprisse pas toute la portée de cet avis mystérieux, reprit la chanteuse, il était trop bien d'accord avec mes secrets pressentimens, avec mes angoisses instinctives, pour ne pas m'émouvoir profondément. Je repassai aussitôt dans mon esprit tout ce que j'avais vu depuis que j'étais dans cette maison; je me rappelai plusieurs circonstances qui m'avaient frappée, et dont j'avais demandé l'explication, sans obtenir d'autre réponse que des rires étouffés, des haussemens d'épaules, d'étranges chuchotemens. Je me vis l'objet d'un complot dont j'ignorais le but; mais il me suffisait d'en savoir l'auteur pour me faire une idée horrible du péril qui me menaçait. Une terreur indicible s'empara de moi, et dès lors je n'eus plus qu'une pensée : fuir, fuir à tout prix, ne fût-ce que pour me soustraire à l'odieux empire de cet homme, pour échapper à ce regard infernal que je voyais sans cesse fixé sur moi.

» Mais où aller ? où chercher un refuge ? Je ne connaissais personne dans cette ville immense ; je n'avais ni protecteur ni ami. Mon embarras était extrême ; enfin je pris un parti. Il y avait en face de la maison que j'habitais une jeune fille que j'avais vue plusieurs fois à sa fenêtre, et que j'avais entendue parler italien. Cette langue chérie, la langue de tous ceux qui m'avaient aimée, de mon bon père et de ma pauvre mère, c'était un lien entre cette jeune fille et moi; j'oserais lui conter mon malheur, je me jetterais à ses genoux, je la supplierais, et sans doute elle aurait pitié de moi.

» Je vous laisse à penser, cher docteur, dans quelle agitation je passai toute cette journée; je ne sais vraiment comment je réussis à cacher ma préoccupation aux personnes qui m'entouraient, et surtout à mon terrible geôlier. Le soir venu, je prétextai une indisposition pour ne pas descendre au salon. *Mon oncle* me parut très contrarié : il voulait me présenter ce jour-là même à un grand personnage dont la connaissance devait m'être des plus utiles. Mais j'étais si pâle, j'avais les yeux si éteints qu'il n'insista pas. Ce sera pour demain, Schepperi, me dit-il avec son singulier sourire; tu n'es pas en beauté aujourd'hui, et il faut que le premier coup d'œil soit décisif.

» Je ne pus dormir de toute la nuit ; dès que le jour parut, je m'habillai à la hâte ; il était sept heures, nous étions en hiver et on se levait tard dans cette maison; le portier seul devait être éveillé. Je franchis l'escalier sans avoir rencontré personne ; mon cœur battit vio-

lemment, et mes genoux ployèrent sous moi au moment où j'arrivai devant la loge. Mes modestes vêtemens, que j'avais repris, me sauvèrent; on me prit sans doute pour quelque domestique, et je passai sans être remarquée ; encore trois pas, et me voilà libre !

» Je traversai en courant une large rue et j'allai frapper à la maison habitée par la jeune italienne. Un domestique vint ouvrir ; je demandai la signora à la tête brune, la signora qui parle italien. Le domestique se mit à rire. Vous voulez parler de la petite comtesse Seraphina, me répondit-il. Justement ! m'écriai-je avec vivacité, justement ! Il fit d'abord quelques difficultés, prétextant qu'il était encore de bien bonne heure pour déranger la jeune demoiselle. Enfin je le suppliai tant qu'il se décida à me laisser entrer.

» Une femme de chambre parut presque aussitôt. Elle me pria d'attendre un instant, qu'elle allait prévenir sa maîtresse. Restée seule, je fus effrayée de ma propre hardiesse : me présenter ainsi à une dame d'un si haut rang, sans être connue d'elle, solliciter son appui sans y avoir aucun droit; encore si la jeune Italienne avait été une fille de ma condition, comme je l'avais cru jusque-là ! j'aurais été moins intimidée. Mais il n'y avait plus à hésiter; la femme de chambre revint au bout de quelques minutes, et je fus introduite près de la jolie comtesse qui était encore au lit. Je me jetai à genoux et j'implorai sa protection. Il me fallut lui conter toute mon histoire. Elle parut touchée et me promit de me sauver. Elle fit venir le domestique qui m'avait ouvert la porte, et lui recommanda la plus grande discrétion; puis on me conduisit dans une petite chambre dont les fenêtres donnaient sur la cour; on m'apporta de la nourriture et de l'ouvrage pour m'occuper; et je passai ainsi plusieurs jours, partagée entre la joie d'être échappée aux piéges du méchant homme, et les inquiétudes que m'inspirait naturellement l'avenir.

» J'étais chez l'ambassadeur d'une petite cour de l'Allemagne. La comtesse Seraphina était sa nièce ; née en Italie, elle était venue à Paris, chez son oncle, pour y terminer son éducation. Elle était aimable et bonne, et je n'oublierai jamais ce qu'elle a fait pour moi. Tous les jours, elle venait me voir, et tâchait de me distraire et de me consoler. Je sus par elle l'effet qu'avait produit ma disparition. On crut que je m'étais jetée par la fenêtre dans un canal qui passait derrière la maison : c'est du moins ce que les domestiques dirent en confidence aux gens de l'ambassadeur en leur recommandant bien de garder le secret.

» Quelque temps après mon évasion, la signora Seraphina retourna en Italie et eut la bonté de m'emmener. Ses parens me firent l'accueil le plus bienveillant ; ils me traitèrent comme leur propre enfant, s'occupèrent de mon éducation qui avait été fort négligée, et me donnèrent les maîtres les plus distingués. Je leur dois tout : ma liberté, mon honneur, mon talent. Ils demeuraient à Plaisance, et c'est là que j'ai fait la connaissance de Boloni, qui n'a pas tardé à venir me rejoindre ici, quand j'y eus trouvé un engagement avantageux. Vous savez, docteur, comment j'ai été accueillie au théâtre de R......., quels encouragemens j'y ai reçus, quels applaudissemens m'y ont été prodigués. Vous savez aussi quels bruits injurieux ont été répandus contre moi dans la ville, et si j'ai mérité ces odieuses calomnies. Boloni est le seul homme qui ait jamais franchi ce seuil, et les relations que j'ai eues avec lui sont do celles que l'on peut avouer sans rougir. »

Lorsque la chanteuse eut fini de parler, le médecin lui tendit la main.

— Je me félicite, lui dit-il, que le hasard m'ait fait trouver sur votre chemin, et je m'estimerai heureux si je réussis à vous être utile. Mon pouvoir est très borné; et ce que je ferai pour vous ne sera rien en comparaison des services que vous ont rendus la jeune comtesse italienne et ses bons parens; mais, tel qu'il est, je vous offre mon appui, et, pour commencer, je vais essayer de vous rendre l'affection de votre fougueux ami. Donnez-moi donc quelques renseignemens sur ce Boloni? Je trouve qu'il parle bien l'allemand pour un étranger.

— En effet, répondit la Bianetti avec quelque embarras, il est né en Allemagne; des affaires de famille l'ont obligé à s'expatrier; il a voyagé, il a été à Londres, en Italie; c'est tout ce que je puis vous dire.

— Mais pourquoi ne lui avez-vous pas raconté votre histoire? pourquoi ne lui avez-vous pas dit tout ce que vous venez de me confier?

A cette question, la chanteuse rougit légèrement.

— Ce que j'ai pu révéler à un homme de votre âge et de votre caractère, répondit-elle, je n'aurais jamais osé le conter à un jeune homme, quelque estime et quelque affection que j'eusse pour lui. Carlo est emporté, jaloux, soupçonneux; il ne m'eût pas laissé achever, ou bien il aurait gardé au fond de son cœur des doutes que je n'aurais pu supporter.

— C'est bien, mon enfant, cette délicatesse vous honore et je suis fier aussi de la confiance que je vous ai inspirée. Mais vous ne m'avez pas encore tout dit; vous ne m'avez pas parlé du bal de la Redoute, de la terrible rencontre que vous y avez faite?

— C'est vrai; il me reste encore quelque chose à vous raconter. J'ai toujours regardé comme une circonstance extrêmement heureuse pour moi, que mon geôlier n'ait pas eu connaissance de ma fuite, et qu'il ait attribué ma disparition à un suicide. S'il avait su que je vivais encore, il eût sans doute tout mis en œuvre pour me retrouver, afin de se dédommager d'une manière ou d'une autre des grosses sommes que je lui avais coûtées. Aussi ai-je pendant longtemps cherché à me cacher, et évité avec le plus soin toute occasion de me produire en public. Je venais donc pour la seconde ou pour la troisième fois de repousser les offres séduisantes du directeur du théâtre de Plaisance, quand la comtesse Séraphina me montra, annoncée dans un journal français, la mort du chevalier de Planto.

— C'était le nom de l'homme à qui votre beau-père vous avait vendue?

— Oui, mon cher docteur. Dès lors, toutes mes craintes s'évanouirent; et résolue de n'être pas plus longtemps à charge à mes bienfaiteurs, j'acceptai l'engagement qui m'était offert par le théâtre de R....... Quelques semaines après, j'arrivais ici. Aucun événement particulier n'avait signalé mon séjour dans cette ville, quand avant-hier j'allai au bal de la Redoute. Boloni n'était point dans le secret de mes déguisemens; je voulais l'intriguer et le taquiner un peu sans être connue de lui. J'entrai donc seule. A peine avais-je fait quelques tours dans la salle, qu'une voix me jeta ces mots à l'oreille : Schepperl, où est ton oncle? Ce fut pour moi un coup de foudre. Je n'avais jamais eu d'autre oncle que ce chevalier de Planto : c'était du moins le seul homme qui eût pris vis-à-vis de moi ce titre. Je

me remis de mon mieux. Vous vous trompez, beau masque, répondis-je d'un ton que je m'efforçais de rendre dégagé, et je m'enfonçai dans la foule, espérant m'y perdre bientôt. Mais déjà l'inconnu avait passé son bras dans le mien et me tenait solidement. Schepperl, reprit-il, sois sage, n'essaie pas de m'échapper, ou je vais dire tout haut quelle société tu fréquentais à Paris. J'étais anéantie. Que serais-je devenue si cet homme avait réalisé sa menace? On l'aurait cru, on m'aurait honnie et montrée au doigt. Carlo lui-même aurait été le premier à me condamner. Eperdue, à demi-morte, je me laissai entraîner sans pouvoir me soustraire aux horribles propos qu'on murmurait à mon oreille. On m'accusait d'avoir fait le malheur de mon oncle, le déshonneur de mon père, la ruine de toute ma famille. J'arrivai ainsi au vestibule; j'appelai ma voiture et je voulus m'y précipiter; mais l'inconnu ne lâcha pas mon bras. Je vais t'accompagner chez toi, Schepperl, me dit-il avec un rire diabolique; j'ai encore quelque chose à te dire. Folle de terreur, j'ouvris la portière et me jetai dans la voiture, où je tombai sans connaissance. Quand je revins à moi, l'homme était assis à mes côtés. J'arrivai à ma maison, je descendis, j'entrai chez moi; l'homme me suivit toujours; je montai à ma chambre; il monta avec moi. Craignant le bruit et le scandale, je dis à Louise de nous laisser seuls.

— Misérable! m'écriai-je, indignée de tant d'audace. Que viens-tu faire ici? Pourquoi t'acharner ainsi après moi? L'infâme société que tu me reproches, j'y ai été conduite malgré moi, et je l'ai quittée dès que j'ai su où j'étais.

— Allons! Schepperl, pas de façons! Compte-moi sur-le-champ dix mille francs en or ou en bijoux, ou bien apprête-toi à retourner avec moi à Paris. Sinon, dès demain, toute la ville en saura sur ton compte plus long que tu ne le voudrais.

J'étais hors de moi.

— Qui t'a donné le droit de m'imposer de pareilles conditions? m'écriai-je. Eh bien! cours si tu veux répandre tes calomnies dans la ville, mais quitte sur-le-champ cette maison, ou j'appelle les voisins à mon secours!

J'avais fait quelques pas vers la fenêtre; il m'arrêta par le bras.

— Qui m'a donné ce droit? Ton père, ma petite colombe, ton père!

Et un rire effrayant résonna sous son masque. En même temps, je vis briller, à la lueur des bougies dont il venait tout à coup de se rapprocher, deux yeux gris dont je ne connaissais que trop le sinistre éclat. Je vis aussitôt à qui j'avais affaire; je compris que sa prétendue mort n'était qu'un mensonge et peut-être une nouvelle perfidie. Le désespoir me donna une énergie surnaturelle : je me dégageai de son étreinte et je fis un mouvement pour lui arracher son masque.

— Je vous reconnais, m'écriai-je, chevalier de Plante! C'est à la justice que vous aurez à révéler le lieu où vous m'avez conduite.

— Nous n'en sommes pas là, ma colombe! dit-il, et dans le même moment je sentis la froide lame pénétrer jusqu'à mon cœur; je me crus morte.

Le médecin frissonna; il faisait grand jour, et cependant il éprouvait quelque chose de l'impression que fait une histoire de spectres contée à minuit. Il lui semblait entendre les rauques éclats de rire de ce démon, il croyait voir étinceler derrière les rideaux les deux yeux du monstre.

— Vous pensez donc, dit-il après un instant de silence, que le chevalier n'est pas mort et que c'est lui qui a tenté de vous assassiner?

— J'en suis sûre: j'ai reconnu sa voix, ses yeux; et si je pouvais conserver quelques doutes, le mouchoir que je vous ai remis hier suffirait pour les faire cesser. Les initiales de son nom sont brodées au coin.

— Et me donnez-vous plein pouvoir d'agir en votre nom? M'autorisez-vous à répéter tout ce que vous m'avez confié, et, au besoin, à en déposer en justice?

— Je n'ai plus à hésiter; mon secret ne m'appartient plus. Mais n'est-ce pas, docteur, vous allez vous rendre chez Boloni; vous allez tout lui raconter. Il vous croira: il a connu la comtesse Séraphina.

— Et ne puis-je savoir, demanda le médecin, comment s'appelait l'ambassadeur chez qui vous trouvâtes un refuge?

— Pourquoi pas? C'était un baron Martinow.

— Comment, s'écria le docteur avec joie, le baron Martinow! N'est-il pas au service du grand-duc de...?

— Oui! Est-ce que vous le connaissez? Il a été ambassadeur du grand-duc à Paris d'abord et plus tard à Saint-Pétersbourg.

— Remerciez la Providence, ma chère enfant, dit M. Lange, en se frottant joyeusement les mains. Le baron est ici depuis hier; il demeure au Faisan-Doré, et m'a fait appeler ce matin.

Une larme de reconnaissance brilla dans les beaux yeux de la chanteuse:

— O mon Dieu! s'écria-t-elle d'une voix émue, devais-je espérer un pareil bonheur! Le seul homme qui pouvait témoigner pour moi se trouve ici au moment même où j'ai besoin de lui, et cela quand je le croyais à l'autre bout du monde! Mon cher monsieur, allez le voir; il vous confirmera tout ce que je vous ai dit. Quel dommage que Carlo ne puisse aussi l'entendre!

— Il l'entendra aussi, je l'emmènerai avec moi! Et maintenant, adieu, ma chère enfant. Ayez confiance; tout s'arrangera pour le mieux, et il y aura encore pour vous du bonheur sur la terre. Soyez bien calme, bien raisonnable, et surtout n'oubliez pas de prendre d'heure en heure la potion que je vous ai ordonnée, deux cuillerées chaque fois.

— Le docteur se leva et sortit, accompagné jusqu'à la porte par les regards reconnaissans de sa jolie cliente.

— Quelle différence entre la situation où il la laissait et celle où il l'avait trouvée! Son cœur était soulagé d'un poids énorme; ce passé, dont le souvenir l'avait oppressée si longtemps, lui apparaissait maintenant comme un rêve affreux qu'une consolante réalité a fait évanouir, et l'avenir lui promettait la paix et le bonheur, maintenant que la Providence désarmée commençait à lui sourire.

III.

L'HOTEL DU FAISAN DORÉ.

Le baron Martinow, à qui M. Lange avait eu précédemment occasion de rendre service, reçut le bon docteur le plus amicalement du monde, et lui donna sur Giuseppa les meilleurs renseignemens. Après lui

avoir confirmé, de la manière la plus formelle, le récit qu'il avait entendu la veille, il se mit à faire l'éloge de la chanteuse, et déclara qu'il n'avait jamais connu un caractère plus estimable, un cœur plus pur, une âme plus élevée.

Les bruits odieux qui circulaient contre elle dans la ville l'indignaient; il promit de les démentir hautement, et tint parole; car, en quelques jours, il s'opéra dans l'opinion publique un revirement tellement favorable à la prima-donna, qu'elle n'hésita pas elle-même à l'attribuer au rang élevé et à la haute influence de son nouveau défenseur.

En sortant du magnifique appartement que l'ambassadeur occupait au premier étage de l'hôtel, le médecin s'empressa de monter chez le maître de musique qui habitait dans le même corps de logis une humble mansarde. C'était la chambre 54.

M. Lange, tout joyeux, franchit vite les degrés; mais l'escalier devenait plus raide à mesure qu'on se rapprochait des toits, et quand il arriva devant la porte, le vieillard, essoufflé, fut obligé de s'arrêter pour reprendre haleine.

Des sons étranges sortaient de cette chambre: des soupirs étouffés, des gémissemens profonds; puis un déluge effroyable d'imprécations de toutes sortes en italien et en français; plaintes et jurons semblaient arrachés à un malade par la violence de la douleur.

Le médecin frissonna.

— Le maëstro serait-il devenu tout-à-fait fou, pensa-t-il, et le chagrin aurait-il porté le dernier coup à son cerveau déjà tant soit peu fêlé? Ou bien le pauvre garçon serait-il tombé malade?

Et impatient d'avoir le mot de l'énigme, il s'apprêtait à frapper, quand ses regards rencontrèrent les deux chiffres qui se détachaient en noir sur le bois jaunâtre de la porte. C'était le numéro 53.

— Je suis bien étourdi pour mon âge, se dit le bon vieillard; un peu plus, je dérangeais quelque inconnu... Et, passant outre, il s'arrêta devant la porte suivante. Cette fois, c'était bien le numéro 54, et des sons bien différens sortaient de la chambre: une voix mâle et sonore chantait un air grave et mélancolique, en se mariant aux accords d'un piano que touchait une main magistrale.

Le docteur entra et vit devant lui le jeune homme qu'il avait rencontré la veille chez la chanteuse.

La chambre était encombrée de cahiers de musique, de pupitres et d'instrumens de tout genre: violons, guitares, flûtes, etc., et, debout, au milieu de ce superbe désordre, le maestro, couvert d'une longue robe de chambre noire et coiffé d'une toque rouge, regardait d'un air étonné le téméraire qui venait de s'introduire dans son sanctuaire.

Il ne tarda pourtant pas à le reconnaître; mais son beau visage n'en devint que plus sombre. Jetant par terre quelques cahiers empilés sur une chaise, il fit une place au docteur, et tandis que celui-ci s'asseyait, il se mit à arpenter la chambre à grands pas. Les pans de sa robe flottaient derrière lui et balayaient la poussière qui couvrait les mille objets épars sur le plancher.

— Vous venez de sa part! cria-t-il avant que le docteur eût eu le temps de prendre la parole. N'êtes-vous pas honteux, avec vos cheveux blancs, de vous faire l'entremetteur d'une pareille femme! Je ne veux plus entendre parler d'elle. Mon amour n'est plus; hier, je l'ai enseveli, et aujourd'hui je porte le deuil de mon bonheur. Ne le voyez-vous pas? Cette robe noire ne vous dit-elle pas que je considère comme morte la femme que j'ai aimée? O Giuseppa !... Giuseppa !...

— Mais, mon cher monsieur, interrompit le docteur, entendez-moi donc.

— Vous entendre ! Savez-vous ce que c'est que d'entendre? Eh bien ! écoutez-moi, puisque vous parlez d'entendre ! Nous allons voir si tu as de l'oreille, vieux! Tiens, voilà la femme ! Et levant brusquement le couvercle du piano, il se mit à parcourir rapidement les touches d'ivoire : Sentez-vous, poursuivit-il, la douceur enchanteresse, la molle langueur, la tendresse câline de cette musique? Remarquez-vous çà et là ces accords vagues et indécis, ces notes incertaines et tremblées, cette harmonie sans vérité, sans énergie, sans consistance; ne reconnaissez-vous pas le sexe séduisant et menteur ? Mais écoutez maintenant !

Et retroussant ses larges manches, Boloni, le front haut, l'œil fier, se mit à frapper vigoureusement les touches du piano.

— Voilà des sons purs et francs ! voilà de la force et de la fermeté ! C'est ainsi que vibre la voix, que vibre le cœur de l'homme !

Le médecin, qui n'était pas grand connaisseur en musique, écoutait, sans bien comprendre la différence que le maëstro voulait établir; tout ce qu'il avait remarqué, c'est que la seconde fois Boloni avait frappé le clavier beaucoup plus fort.

— Vous avez là, dit-il après quelques instans de silence, une singulière manère d'exprimer les différens caractères humains. Dites-moi, puisque vous êtes si habile, ne pourriez-vous me représenter sur votre piano... un médecin ?

Le musicien le regarda d'un air de mépris :

— Comment peux-tu, vil ver de terre, jeter ainsi, au milieu d'un divin concert, l'aigre fausset d'une discordante plaisanterie?

Le docteur allait répondre, quant la porte s'ouvrit et donna passage à un petit être rabougri qui s'avança vers les deux interlocuteurs en leur faisant une profonde révérence.

— Le monsieur du n° 53 m'envoie prier instamment monsieur le maître de musique de ne pas faire tant de tapage avec son piano ; car il est bien malade, et d'un moment à l'autre il peut passer.

— Présente à ton maître mes très humbles respects, répondit le jeune homme, et dis-lui que, s'il est prêt à partir pour l'autre monde, je lui souhaite un bon voyage. Voilà deux ou trois nuits qu'il m'empêche de dormir avec ses gémissemens et ses soupirs, avec ses affreux jurons et son rire d'enragé. Je suis ici chez moi, comme il est chez lui, et s'il me gêne, tant pis ! je le gêne à mon tour.

— Mais je ferai observer à Votre Seigneurie, reprit le petit homme, que mon maître ne vous gênera plus longtemps; voulez-vous donc que ses derniers momens...

— Ce monsieur est-il si mal ? demanda le médecin avec intérêt. Quel est celui de mes confrères qui le soigne? Qu'a-t-il ? Qui est-il ?

— Qui il est, c'est ce que je ne puis trop vous dire ; je suis un laquais de louage qu'il a pris à son service il y a trois ou quatre jours en arrivant ici. Je crois qu'il s'appelle Lorier et qu'il est Français. Avant-hier, il était encore fort bien portant, mais d'assez mauvaise humeur ; car il resta chez lui toute la journée et ne voulut pas que je lui fisse voir les curiosités de la ville. Le lendemain matin, je le trouvai dans son lit et très malade. Il paraît que cela lui avait pris tout à coup pendant la nuit. Mais il me défendit d'aller chercher un médecin, et je n'ai qu'à lui en renouveler la proposition pour le faire entrer en fureur. Autant que j'en puis juger, c'est une ancienne blessure reçue à la guerre qui se sera rouverte ; il se panse et se soigne lui-même.

En ce moment, on entendit la voix enrouée du malade qui appelait son domestique en l'accablant des plus abominables imprécations. Le petit laquais fit trois signes de croix et courut près de son maître.

Resté seul avec le musicien, M. Lange revint à l'objet de sa mission, et entreprit de faire entendre raison au plus déraisonnable des amans. Celui-ci ne parut pas d'abord prêter la moindre attention aux paroles de l'honorable négociateur. Il avait pris un cahier de musique et s'amusait à solfier tout haut un air d'opéra, tandis que le médecin lui racontait la vie de la Bianetti. Mais peu à peu il baissa la voix, et de temps en temps ses regards quittèrent la partition pour se fixer sur les traits de son interlocuteur. Enfin, il se tut tout à fait, jeta de côté sa musique et, fixant sur le narrateur un œil de feu, il sembla dévorer avidement ses paroles. Son émotion devint de plus en plus vive ; il rapprocha sa chaise, saisit le bras du docteur et, quand celui-ci eut fini de parler, il se leva et se mit à parcourir la chambre à grands pas.

— Oui! s'écria-t-il, il y a du vrai là dedans; il y a quelque apparence de vérité, quelque vraisemblance... Les choses pourraient bien s'être passées ainsi; mais elles pourraient bien aussi s'être passées autrement... Tout cela n'est peut-être qu'un mensonge !...

— Voilà un *decrescendo*, comme on dit dans votre art favori, contre lequel je suis obligé de protester, répliqua en souriant le médecin. Et j'aurais le droit d'être offensé de vos soupçons; mais je vous les pardonne, parce que je puis les dissiper en un instant. J'ai une caution pour tout ce que j'avance.

— Une caution! s'écria Boloni, et ses yeux brillèrent de joie. Ah ! docteur ! si vous pouviez me prouver la vérité de votre récit, vous mériteriez une statue ! Ce rayon d'espérance seulement que vous venez de faire luire dans mon âme vaut déjà votre pesant d'or, et quand je serais riche à millions, je ne pourrais vous le payer dignement. Mais dites, où trouverons-nous ce véridique témoin, ce guide précieux qui peut nous conduire au milieu de ce labyrinthe de cruelles incertitudes ?

— Pas loin d'ici, mon cher, répondit le docteur.

— Où est-il ? que je me jette à ses genoux! que je baise la poussière de ses pieds ! où est cet ange sauveur, ce génie, ce Dieu?

— Dans cet hôtel, au premier étage, au n° 8! C'est l'ambassadeur qui a recueilli Giuseppa et lui a donné un asile. Prenez seulement la peine de passer un habit et de mettre une cravate, et nous allons descendre chez lui; il est prévenu de notre visite et m'a promis de vous convaincre.

Rien ne saurait donner une idée de la joie folle qui illumina à ces mots le noble visage de Boloni. Il prit le docteur dans ses bras et le serra à l'étouffer.

Puis il courut à son armoire, qu'il bouleversa plu-

sieurs fois sans trouver ses vêtemens, qui pourtant n'é-
taient pas ailleurs : l'ivresse du bonheur lui troublait la
vûe et faisait trembler sa main, et, sans l'aide du docteur, il ne fût jamais parvenu à achever sa modeste toilette.

— Venez, venez, dit le bon vieillard, en ôtant au
jeune fou son bonnet rouge qui tranchait singulière-
ment avec l'habit noir qu'il venait d'endosser.

Et tous deux descendirent chez le baron Martinow.

. . . .

Cependant l'état de la prima donna s'améliorait chaque jour : l'affection de Boloni, qu'elle avait recouvrée,
contribuait à cet heureux résultat, autant et plus peut-
être que les soins éclairés et les ordonnances du docteur. Elle était heureuse, plus heureuse même qu'avant
le sinistre accident, car elle n'avait plus de secret pour
celui qu'elle aimait. Elle jouissait d'une sécurité qui
jusqu'alors lui avait été inconnue ; et, sur les ailes du
bonheur, la santé et les forces revenaient vite.

Bientôt la Bianetti put recevoir les amis qui s'inté-
ressaient à sa convalescence. L'un des plus empressés
fut son généreux protecteur, le baron Martinow. Mais
ce n'était pas assez pour cet homme dévoué de voir la
jolie chanteuse échappée comme par miracle aux coups
de l'assassin ; il voulait la mettre à l'abri d'une seconde
tentative du même genre, et pour cela il fallait découvrir le meurtrier. Il vint donc en aide à la sagacité du
commissaire de police, et lui raconta tout ce qu'il savait du chevalier de Planto. Peu de temps après l'évasion de Giuseppa, la maison où son honneur avait cou-
ru de si grands dangers avait été fermée par la police
parisienne ; et l'homme infâme qui tenait cette maison
n'avait eu d'autres ressources que de répandre le bruit
de sa propre mort afin d'échapper aux recherches dont
il était l'objet. Selon toute apparence, il avait cessé de
se faire appeler le chevalier de Planto, et devait se trouver en ce moment à R.... sous un autre nom. Mais tous
les étrangers qui, depuis plusieurs jours, se montraient
dans la ville, étaient d'une honorabilité parfaite, et,
vraisemblablement, le meurtrier se cachait avec le plus
grand soin. Comment donc le découvrir ? Le mouchoir
laissé par lui dans la chambre de la chanteuse était un
indice précieux : l'exacte description en fut donnée en
conséquence à toutes les couturières, repasseuses et
blanchisseuses de la ville, à toutes les personnes enfin
entre les mains de qui pouvait tomber le linge d'un
étranger. Mais cela ne suffisait pas. Le commissaire
avait une conviction bien arrêtée : c'est que le meurtrier ferait tôt ou tard une seconde tentative contre la
vie de celle qu'il avait une première fois manquée. Il
fit partager son opinion au baron de Martinow et à la
chanteuse elle-même, et, dès lors, il ne s'agit plus que
d'imaginer un moyen de faire tomber le misérable dans
un piége habilement préparé.

— Il me vient une idée, dit la Bianetti, un jour que
ses amis et le magistrat se trouvaient réunis dans sa
chambre. Le docteur m'assure que je pourrai sortir
maintenant sitôt que je voudrai ; rien ne m'empêchera
donc d'aller au prochain bal de la Redoute ; c'est le dernier du carnaval, et je suis sûre que si le chevalier est
encore à R...., il ne laissera pas échapper cette occasion de venir de nouveau rôder autour de moi. Sans
doute, il ne me parlera point et prendra ses précau-
tions pour ne se point trahir ; mais, sous quelque dé-

guisement qu'il se cache, je saurai le reconnaître ;
taille, sa démarche et surtout ses yeux étranges me
feraient distinguer entre mille.

— Vous avez là une excellente idée, répondit le co
missaire ; je vous engagerai seulement à ne point me
tre de masque afin qu'il vous reconnaisse plus faci
ment. Je vous ferai escorter par deux ou trois solid
gaillards en domino qui vous suivront comme vo
ombre. Au moindre signe de vous, ils empoigneront
vieux renard.

Pendant cet entretien, la petite Louise avait eu o
casion de traverser plusieurs fois la chambre, et, sa
avoir entendu tout ce qui s'était dit, elle avait comp
que sa maîtresse s'était décidée à faire toutes les rév
lations nécessaires pour découvrir le meurtrier et s
complices. Elle résolut donc de contribuer de tout s
pouvoir à ce grand résultat, et, quand le magistr
descendit, elle l'arrêta au passage.

— Monsieur, lui dit-elle, non sans que le cœur
battît bien fort, je ne sais si l'on vous a fait connaî
une petite circonstance que j'ai révélée moi-même
docteur le lendemain de l'assassinat, et qui du reste
pas paru l'intéresser beaucoup.

— Quoi donc ? mon enfant ; il n'y a pas de petite c
constance dans une affaire de ce genre.

— C'est que ma maîtresse est si délicate et si bo
ne... Elle ne voudrait pour rien au monde compron
tre quelqu'un sans être bien sûre... Mais moi je cr
qu'il est de mon devoir de ne vous rien cacher. Qua
la signora est tombée sans connaissance entre mes br
elle a balbutié, avant de s'évanouir, quelques paro
mal articulées, et la dernière, la seule que j'aie pu d
tinctement saisir, a été Bolnau !

— Comment ! s'écria le commissaire mécontent,
l'on ne m'a pas communiqué jusqu'ici un indice au
important !... Mais êtes-vous bien sûre ? Avez-vous b
entendu le nom de Bolnau ?

— Sur mon honneur, monsieur ! dit la jeune fille
posant la main sur son cœur. Et elle a prononcé
mot avec un accent si douloureux que je ne puis m'e
pêcher de croire que c'est le nom du meurtrier. Ma
je vous en prie, ne me trahissez pas ; ne dites à pe
sonne que je vous ai fait cette confidence.

D'un signe de tête plein de gravité, le magistrat fit
promesse qui lui était demandée et s'éloigna pensif.

Notre commissaire avait pour principe qu'il n'
pas d'homme qui ne soit capable d'un crime, tout hô
nête qu'il paraisse. Le président du tribunal de co
merce (il ne connaissait pas d'autre Bolnau dans
ville) était sans doute un homme rangé ; mais n'ava
on pas vu bien souvent des gens entourés de l'esti
et de la considération générale, attirer tout à coup s
eux les rigueurs de la justice ?... M. Bolnau n'habit
R... que depuis quelques années ; savait-on quel
avaient été auparavant ses relations ? Ne pouvait-il
s'être lié précédemment avec le chevalier de Planto
s'être trouvé plus tard entraîné, par cette fatale amit
à devenir le complice d'un crime ?

Tout en raisonnant ainsi, le commissaire poursuiv
sa route, et n'était plus qu'à deux pas de la grande r
midi allait sonner ; c'était justement l'heure où M. B
nau faisait sa promenade quotidienne.

— Bon ! se dit le magistrat, il faut que je profite
l'occasion pour sonder un peu mon honorable pré
dent.

Et, se détournant légèrement de son chemin, il prit la grande rue. M. Bolnau s'y promenait en effet, prodiguant, selon sa coutume, les saluts et les poignées de main à tous ceux qu'il rencontrait, souriant à droite et à gauche, regardant aux fenêtres ; jamais enfin il n'avait paru plus gai et de meilleure humeur.

Mais tout à coup, au milieu de ses plus gracieuses salutations, ses yeux rencontrèrent ceux du commissaire de police qui n'était plus qu'à vingt pas de lui; il crut voir la tête de Méduse. Sa riante physionomie s'assombrit aussitôt, il devint pâle et voulut s'échapper par une rue latérale.

— Voilà qui est suspect! très suspect!. se dit le commissaire qui avait remarqué tous ses mouvemens; et, doublant le pas, il l'atteignit avant qu'il eût pu accomplir son projet.

Interpellé par son nom, Bolnau fut bien obligé de s'arrêter.

— Bonjour! bonjour ! murmura-t-il d'une voix sourde, en s'efforçant de sourire.

Mais il ne put produire qu'une affreuse grimace : ses genoux s'entrechoquèrent, ses dents claquèrent et ses yeux se remplirent de larmes.

— Eh! eh! vous devenez rare, dit le magistrat; il y a plus de huit jours que je ne vous ai vu passer sous mes fenêtres. Vous paraissez souffrant... Qu'avez-vous donc?...

En même temps il attachait sur le président un regard scrutateur que celui-ci ne put soutenir.

— Ce n'est rien, répondit-il en baissant les yeux, presque rien, un peu de fièvre seulement, qui m'a retenu chez moi pendant quelques jours ; mais maintenant cela va mieux.

— Ah ! vous avez été malade!.... Et quand cela vous a-t-il pris? Il me semble que je vous ai vu au dernier bal de la Redoute ?...

— C'est vrai.... balbutia M. Bolnau ; mais le lendemain, j'ai dû me mettre au lit... mon asthme... vous savez... mais à présent je suis tout à fait guéri.

— Ah ! tant mieux !... Cela fait que vous pourrez aller au prochain bal ; vous n'ignorez pas que c'est le dernier de la saison ; il sera très brillant, et j'espère vous y voir. A bientôt donc, monsieur le président, à bientôt !...

— Je n'y manquerai pas, murmura piteusement M. Bolnau, et, resté seul, il se mit à commenter en lui-même les paroles, le ton, le regard du redoutable commissaire.

— Il a des soupçons, se dit-il; il connaît le mot de la chanteuse! A la vérité, elle n'est pas morte, et se porte maintenant mieux que moi. Mais qui sait ce que peut produire un soupçon dans l'esprit d'un homme de la police !... Il est capable de me faire surveiller... de mettre ses agens à mes trousses... Me voilà suivi, espionné !... Je ne puis faire un pas qu'il ne soit l'objet d'un rapport; prononcer un mot qu'il ne soit répété, interprété... Je deviens un individu dangereux, un être suspect !... Oh! mon Dieu ! aurais-je jamais cru cela !

A mesure qu'il poursuivait son monologue, l'infortuné Bolnau découvrait de nouveaux sujets de crainte et sentait sa terreur redoubler.

— Il m'a demandé si j'irais au prochain bal de la Redoute... Pourquoi cette question?... Ah ! sans doute il pense que je n'oserai pas me trouver avec la chanteuse! Eh ! bien, j'irai ! ne fût-ce que pour lui ôter ses injustes soupçons !... Mais suis-je bien sûr de ne pas trembler en l'approchant? et la pensée qu'on me croit coupable ne suffira-t-elle pas pour me donner les apparences d'une conscience criminelle?

Le pauvre président avait peur d'avoir peur. Il résolut de tout faire pour se guérir de cette terreur dont la seule appréhension lui causait un si grand effroi. Voici le moyen qu'il employa.

Il loua un magnifique costume de pacha de Janina. Chaque matin il s'en revêtait et s'exerçait, pendant plusieurs heures devant un grand miroir, à porter avec aisance son déguisement. Puis il faisait avec sa robe de chambre un mannequin et l'asseyait sur une chaise : il devait représenter la signora Bianetti. Couvert de ses riches vêtemens turcs, il s'approchait et lui disait :

— Je suis enchanté, mademoiselle, de vous voir déjà remise.

Au bout de trois ou quatre jours, le pacha de Janina sut parfaitement sa leçon et put la réciter sans trembler. Encouragé par ce succès, il entreprit quelque chose de plus difficile.

Il s'agissait maintenant de présenter galamment à la chanteuse une assiette de bonbons et de lui offrir avec grâce un verre de punch.

La première fois il trembla affreusement, et le verre d'eau qu'il avait posé sur une assiette pour figurer les rafraîchissemens fut sur le point de tomber ; mais peu à peu il s'enhardit et fut même bientôt en état d'ajouter bravement :

— Mademoiselle, vous plairait-il d'accepter quelques bonbons et un verre de punch ?

C'était à ravir ! Et Ali-Pacha consolé se crut désormais sûr de faire bonne figure au bal, dût-il y rencontrer tous les commissaires de l'univers.

Le jour où Giuseppa Bianetti devait faire sa rentrée dans le monde arriva enfin. M. Lange ne voulut céder à personne, pas même à l'amoureux Boloni, l'honneur de conduire au bal sa jolie cliente. C'était un privilège auquel ses cheveux blancs, non moins que sa généreuse amitié, lui donnaient des droits, et la chanteuse le lui accorda d'autant plus volontiers, qu'après les calomnies dont elle avait été l'objet, elle était flattée de paraître en public accompagnée d'un homme aussi généralement respecté.

Ce fut donc au bras du bon docteur que la primadonna entra dans les brillans salons de la Redoute.

Comme nous l'avons déjà dit, il s'était opéré dans l'opinion générale un revirement complet en faveur de la Bianetti. Ceux qui avaient été les plus prompts à accueillir les bruits odieux répandus contre elle, avaient été aussi les plus empressés à changer de sentimens et de langage, dès qu'ils l'avaient vue protégée et défendue par des hommes considérables. Le public de R... est comme tous les publics du monde ; il ne sait point s'arrêter entre les extrêmes, et le moindre souffle du vent le fait passer avec la rapidité de la girouette, de l'excès de l'indifférence au comble de l'enthousiasme, du mépris le plus injurieux à la vénération la plus profonde. Le baron Martinow n'avait eu qu'un mot à dire, et la cantatrice était devenue l'idole de la ville; on ne s'entretenait que d'elle, on suivait avec le plus vif intérêt chaque phase de sa convalescence, et la nouvelle de sa guérison fut accueillie avec des transports de joie.

On devine quelle sensation dut faire son entrée dans

la salle du bal : ce fut une explosion de bravos, un tonnerre d'applaudissemens, un triomphe enfin comme elle n'en avait jamais obtenu dans ses plus beaux rôles. On se pressait autour d'elle, on l'accablait de félicitations et de complimens ; elle était la reine de la fête qui semblait n'avoir été donnée que pour célébrer son heureux retour à la santé.

Le docteur eut sa part de ces démonstrations sympathiques. Voilà, disait-on, voilà l'habile médecin qui a sauvé notre grande artiste ! Et ses nombreux amis venaient lui serrer la main et se faire les interprètes de la reconnaissance publique.

Au milieu de ces douces émotions, la Bianetti aurait oublié sans doute le triste motif qui l'avait amenée, si M. Lange ne le lui eût rappelé, en lui demandant de temps en temps si elle ne voyait pas briller quelque part dans la foule les yeux sinistres de l'assassin : en outre, chaque fois qu'elle se retournait, elle apercevait à peu de distance derrière elle quatre hommes de haute taille enveloppés dans de vastes dominos de couleur sombre : c'était l'escorte que le commissaire de police lui avait promise.

Elle avait fait ainsi deux fois le tour des vastes salons, quand tout à coup elle pressa le bras de son vénérable cavalier et lui désigna du regard un personnage qui s'avançait en ce moment vers elle. Le docteur répondit par un coup d'œil rapide qui voulait dire : Je l'ai aussi remarqué.

Ce personnage était mince et long, et le magnifique costume turc qu'il portait faisait encore ressortir sa maigreur. Depuis que la chanteuse était entrée, il s'était attaché à ses pas, et malgré la foule qui plusieurs fois l'avait séparé d'elle, il avait toujours réussi à la rejoindre. En ce moment, il s'approchait d'un pas mal assuré, et par les trous de son visage de carton on voyait briller deux yeux gris au regard fixe, à l'expression étrange.

La Bianetti se serra contre le docteur.

L'inconnu avançait toujours, et quand il fut tout près, une voix caverneuse sortit de son masque :

— Mademoiselle, je suis enchanté de vous voir déjà rétablie.

L'artiste frissonna et détourna la tête en pâlissant. L'homme lui-même parut effrayé de l'effet qu'il avait produit ; car il tressaillit à son tour, recula d'un pas et se perdit précipitamment dans la foule.

— Est-ce lui ? demanda le médecin.

La Bianetti était encore si émue qu'elle ne put répondre.

— Allons, poursuivit M. Lange, remettez-vous donc mon enfant ; nous avons besoin en ce moment de tout notre sang froid. Croyez-vous que ce soit lui ?

— Je ne suis pas bien sûre, répondit-elle ; mais il m'a semblé reconnaître ses yeux.

Le docteur fit un signe aux agens du commissaire et leur recommanda de surveiller de près l'homme déguisé en pacha. Puis il rendit son bras à la signora qu'il avait quittée un moment, et poursuivit avec elle sa promenade à travers les salons éblouissans de lumières et de toilettes. Mais à peine avaient-ils fait quelques pas que l'éternel Turc se montra de nouveau. Seulement il se tenait à distance et paraissait observer la chanteuse comme s'il eût épié le moment favorable pour l'aborder une seconde fois.

Giuseppa était si tremblante et si agitée, que le mé-

decin crut nécessaire de lui faire prendre quelque chose pour la calmer un peu : il la conduisit au buffet. Le Turc les y avait précédés. Portant sur une assiette un verre plein et des bonbons, il se dirigeait vers la chanteuse.

— Mademoiselle, dit-il quand il fut près d'elle, vous plairait-il d'accepter un verre de punch et quelques bonbons?

L'actrice le regarde fixement : il paraît déconcerté ; ses yeux étincellent ; l'assiette tremble dans sa main et le verre se renverse avec un sinistre cliquetis.

— Ah ! le monstre ! s'écrie Giuseppa. C'est lui ! c'est lui ! il voulait m'empoisonner !

Aussitôt les quatre agens en domino entourent le pacha de Janina, qui était resté immobile et comme pétrifié. Il se laisse emmener sans proférer un mot et sans opposer la moindre résistance.

Au même instant, le docteur se sent tiré par le pan de son habit. Il se retourne et voit devant lui le petit laquais de l'hôtel du Faisan-Doré qui, pâle et tout effaré, lui dit d'une voix suppliante :

— Pour l'amour de Dieu, monsieur le médecin, venez avec moi, je vous en prie, au n° 53 : mon maître va être emporté par le diable !

— Que chantes-tu là ? réplique le docteur impatienté ; si Satan vient chercher ton maître, c'est que ton maître l'a appelé. Qu'il s'arrange, je n'ai rien à voir là-dedans.

Et arrachant son habit des mains de l'importun, il s'apprêtait à suivre le prisonnier chez le commissaire de police ; mais le petit bonhomme se cramponna de nouveau après lui.

— Je vous en conjure, monsieur, reprit-il avec un accent déchirant, venez, vous pouvez peut-être encore le sauver. Vous êtes le médecin des pauvres, et puisque vous êtes payé pour cela par la ville, vous devez aller partout où on vous appelle.

M. Lange vit qu'il ne pouvait se soustraire à ce pénible devoir ; il fit signe à Boloni, lui confia la chanteuse et se dirigea à la hâte, avec le laquais, vers le Faisan-Doré.

Le vaste hôtel était silencieux et désert. Il était plus de minuit. Les lampes, près de s'éteindre, ne jetaient plus dans les escaliers et dans les corridors, qu'une lumière pâle et triste. Et, malgré lui, le docteur sentit son cœur se serrer. Il continua pourtant à suivre son guide et arriva au dernier étage : le laquais poussa la porte du numéro 53 et le médecin entra.

Mais peu s'en fallut qu'il ne tombât à la renverse ; car il avait devant lui, assis, en chair et en os, sur ce grabat, le hideux fantôme que, depuis plusieurs nuits, son imagination, surexcitée par le récit de la chanteuse, lui montrait dans ses rêves.

Il était vieux, long et maigre. Sur son front était rabattu un bonnet de laine dont la pointe se tenait droite et raide. Sa poitrine, ses grands bras décharnés étaient vêtus d'une flanelle jaunâtre. L'ombre de son long nez pointu couvrait la moitié de son visage pâle, et que la mort semblait avoir déjà glacé. Mais deux petits yeux gris qui scintillaient au fond des orbites, attestaient que la vie ne s'était pas encore retirée et donnaient à sa physionomie du moment une expression méchante. Ses mains sèches et osseuses pendaient de chaque côté du lit, hors de ses manches trop courtes, et de ses doigts crochus il grattait sa cou-

verture en poussant de temps en temps un rauque éclat
de rire.

— Voyez ! il creuse déjà sa tombe avec ses ongles !
dit le petit laquais à l'oreille du docteur, qui était resté
immobile sur le seuil, plongé dans les réflexions que
faisait naître en lui ce lugubre spectacle.

Ce corps décharné, cette figure cadavéreuse, ces
traits froids et durs, cet œil gris surtout étincelant
d'astuce et de malice... n'était-ce pas ainsi que la
chanteuse lui avait dépeint l'ennemi de son honneur et
de sa vie ? Et cependant le chevalier de Planto venait
d'être arrêté; il l'avait vu de ses propres yeux entraîné
par les agens du commissaire.

— Je perds la tête, se dit le docteur; il y a bien des
gens qui ont les yeux gris, et ce n'est pas étonnant
qu'un malade soit pâle et défait.

Souriant donc de sa propre frayeur, il fit un pas
vers le lit. Mais jamais, depuis qu'il exerçait sa profession, il n'avait vu un moribond dont l'aspect fût plus
repoussant; et il ne put s'empêcher de frissonner de
nouveau quand il saisit cette main humide et glacée
pour y chercher un pouls qui avait presque cessé de
battre.

— L'imbécile, s'écria l'étranger d'une voix enrouée
et dans un affreux jargon mêlé de français, d'allemand
et d'italien, le petit imbécile m'a amené, je crois, un
médecin ! Excusez-moi, docteur; mais je dois vous a-
vouer que je n'ai jamais eu grande confiance dans votre art. La seule chose qui puisse me guérir, ce sont
les bains de Gênes. J'ai déjà dit à cette brute de com-
mander les chevaux de poste : il faut que je parte cette
nuit même.

— Oui, sans doute ! il partira ! murmura le petit
homme, et avec six chevaux noirs comme du charbon,
qui l'emporteront, non pas à Gênes, mais au pays des
pleurs et des grincemens de dents !...

M. Lange vit tout de suite qu'il n'y avait plus rien à
faire : tous les symptômes de la mort se lisaient sur les
traits décomposés du malade ; ce désir même de changer de place, de partir pour un voyage, le médecin
l'avait entendu plus d'une fois dans la bouche d'un
mourant, et c'était à ses yeux l'avant-coureur d'une fin
prochaine. Résolu pourtant à faire tout son possible
pour adoucir les derniers momens de l'étranger, il l'en-
gagea à se tenir tranquillement étendu dans son lit,
tandis qu'il allait lui préparer une potion rafraîchis-
sante.

— M'étendre ! hurla le moribond avec un rire amer.
M'étendre tranquillement ! Quand je suis étendu, je ne
puis plus respirer ! Il faut que je sois assis... assis dans
une voiture et... en avant ! en avant !... Que dit ce bu-
tor ?... A-t-il fait mettre les chevaux ? Petit chien ! t'es-
tu occupé de mes bagages ?

— Ah ! Seigneur Jésus ! marmotta le petit laquais,
voilà qu'il pense à ses bagages maintenant... Il empor-
te en effet avec lui un lourd bagage d'iniquités, le misérable !... Vous ne sauriez croire, monsieur, toutes
les imprécations et tous les blasphèmes qui sont sortis
de sa bouche depuis ce matin !

Le médecin prit encore une fois la main du malade.

— Ayez confiance en moi, lui dit-il ; peut-être est-il
encore possible de vous guérir. Votre domestique me
dit que c'est une ancienne blessure qui s'est rouverte,
un coup de feu reçu autrefois, laissez-moi voir.

Le moribond y consentit en grommelant et désigna
sa poitrine. M. Lange écarta la flanelle, enleva un appareil grossièrement posé et vit... tout près du cœur
une blessure de la même forme, de la même dimension
que celle dont la chanteuse avait failli mourir.

— C'est une blessure récente! s'écria le docteur, en
attachant sur le malade un regard soupçonneux ; c'est
un coup de poignard. Qui vous a fait cette blessure?

— Vous croyez peut-être, répondit celui-ci, que je
me suis frappé moi-même ? Non, par tous les diables,
non ! J'avais un couteau dans la poche de côté de mon
habit; je suis tombé dans un escalier et me suis fait cette
petite égratignure.

— Une petite égratignure ! pensa M. Lange; une é-
gratignure mortelle.

Cependant il avait préparé un verre de limonade et
le présenta au moribond. Celui-ci le porta à sa bouche
d'une main tremblante, et avala d'un trait le breuvage
rafraîchissant qui parut lui faire du bien ; mais comme
il en avait répandu quelques gouttes sur la couverture
de son lit, il se mit à jurer et voulut un mouchoir.

Le laquais courut dans un coin de la chambre, ouvrit une malle et rapporta l'objet demandé. Le docteur regarda, et une lumière effrayante se fit dans son
esprit : c'était la même étoffe, la même couleur, la
même grandeur que le mouchoir trouvé chez la Bianetti le lendemain de l'assassinat.

Le domestique le présenta à son maître; mais celui-
ci le repoussa.

— Va-t-en au diable, brute que tu es ! Combien de
fois faudra-t-il que je te le répète ? Je veux dessus de
l'essence d'héliotrope.

Le petit bonhomme prit un flacon, en versa quelques gouttes sur le foulard, et la mansarde fut en un
instant remplie du même parfum qui s'était répandu
dans la chambre de la chanteuse au moment où sa ca-
mériste avait tiré le mouchoir de l'armoire pour le rendre au docteur.

Plus de doute. C'était bien l'assassin de Giuseppa,
c'était le chevalier de Planto. M. Lange trembla de tous
ses membres. Le scélérat était pourtant hors d'état de
nuire : il était mortellement blessé, expirant même....
N'importe ! le médecin avait peur de lui ; il lui semblait à chaque instant qu'il allait sortir de son lit et lui
sauter à la gorge. Incapable de rester plus longtemps,
il prit son chapeau et fit deux pas vers la porte.

Mais le petit laquais lui barra le chemin.

— Mon bon monsieur ! dit-il d'une voix plaintive,
je vous en supplie, ne me laissez pas seul avec lui !
S'il allait passer et que son esprit revînt se promener
en long et en large dans la chambre ! Ce grand spec-
tre de flanelle, avec son bonnet pointu sur le crâne !...
Je ne pourrais le voir sans mourir !... O monsieur !
pour l'amour de Dieu, ayez pitié de moi ! ne vous en
allez pas !...

Cependant, le moribond grinçait des dents affreusement, riant et jurant tour à tour. Puis, comme s'il eût
voulu venir au secours de son domestique, il sortit du
lit une longue jambe osseuse, et allongea vers le docteur ses grands doigts crochus.

Celui-ci n'y tint plus ; une terreur indicible s'empara
de lui, et, repoussant le petit bonhomme qui s'était
cramponné à lui, il s'élança dehors et descendit précipitamment l'escalier. Il était à la dernière marche qu'il
entendait encore le rire satanique de l'assassin.

Le lendemain matin, une élégante voiture s'arrêtait

devant l'hôtel. Trois personnes en descendaient : une dame voilée et deux messieurs d'un certain âge.

— M. le greffier Pfœlle est-il déjà là-haut? demanda l'un d'eux au garçon de l'hôtel qui se présenta sur le perron.

La réponse fut affirmative.

— Avouez que c'est une singulière coïncidence, continua le même personnage, que ce misérable tombe dans l'escalier, se blesse avec son propre poignard et s'ôte ainsi la possibilité de fuir, et que ce soit justement vous, M. Lange, qui soyez appelé auprès de lui !

— Et le mouchoir ! fit observer la dame ; il le perd chez moi, et la fatalité veut que son laquais lui en présente un pareil au moment où le docteur se trouve là. Vraiment ! il faut reconnaître ici le doigt de la Providence !

— Vous avez raison, mon enfant, dit gravement le plus âgé des deux messieurs. Mais au milieu de toutes ces émotions, j'ai oublié de demander ce qu'on a fait du pacha de Janina. Sans doute il a été relâché. La signora s'était évidemment trompée. Sait-on le nom de ce pauvre diable, commissaire ?

— Nous le tenons sous bonne garde, répondit celui-ci. Je le soupçonnais depuis longtemps d'être le complice du chevalier ; j'en suis sûr maintenant. On l'amènera ici tout à l'heure pour le confronter avec l'assassin.

— Un complice ! s'écria la dame, qui n'était autre que la signora Bianetti ; cela n'est pas possible !

— Oui, oui, répondit le commissaire avec un sourire malin. Nous en savons plus long qu'on ne croit, en dépit de toutes les réticences. Mais nous voici arrivés au premier étage. Entrez, mademoiselle, chez le baron Martinow qui est déjà prévenu de votre visite, vous y trouverez un jeune homme dont la conversation vous distraira peut-être mieux encore que celle du respectable ambassadeur, et quand nous aurons besoin de vous pour l'interrogatoire, nous vous ferons appeler.

Le commissaire et le docteur poursuivirent leur ascension jusqu'au dernier étage. Ils trouvèrent le malade encore assis sur son lit, dans la même position où le médecin l'avait laissé la nuit dernière. Seulement, à la lumière du jour, sa physionomie semblait encore plus repoussante, et ses yeux affaiblis étaient devenus, en perdant leur éclat, plus effrayans encore et plus sinistres.

Son regard terne se portait avec inquiétude tantôt sur les deux personnages qui venaient d'entrer, tantôt sur le greffier qui s'était installé tranquillement près d'une table, un rouleau de papier devant lui et une longue plume d'oie à la main.

— Brute ! que veulent ces messieurs ? demanda d'une voix faible le moribond à son laquais. Tu sais bien que je ne puis recevoir personne.

Le commissaire s'approcha de lui, le regarda fixement et lui dit d'un ton significatif :

— Chevalier de Planto !

— Qui vive ? s'écria le malade en portant la main à son bonnet comme s'il eût voulu faire le salut militaire.

— Vous êtes le chevalier de Planto ?

Un éclair fugitif brilla dans les yeux éteints du mourant ; un rire amer contracta ses traits, et il répondit :

— Le chevalier est mort depuis longtemps.

— Alors, qui êtes-vous donc ? Répondez au nom de la loi !

— Je m'appelle Lorier, répliqua-t-il avec un nouveau ricanement. Brute, montre à monsieur mon passeport.

— Ce n'est pas nécessaire. Connaissez-vous ce mouchoir, monsieur ?

— Je le crois bien; vous venez de le prendre sur ma chaise. Mais pourquoi toutes ces questions? Pourquoi cette scène ? Vous devez bien bien sentir, monsieur, que votre présence ici me gêne.

— Regardez sous votre main gauche, monsieur, reprit le commissaire; votre mouchoir y est encore. Quant à celui-ci, il a été trouvé dans la chambre d'une certaine Giuseppa Bianetti.

À ce nom, le malade lança un regard furieux aux deux magistrats ; il ferma le poing et grinça des dents. Le commissaire eut beau renouveler ses questions, il n'obtint plus de réponse. Il fit alors un signe au docteur, qui sortit et reparut bientôt avec trois nouveaux personnages, la chanteuse, le maître de musique et l'ambassadeur.

— Monsieur le baron de Martinow, dit le commissaire en s'adressant à ce dernier, reconnaissez-vous cet homme pour le même que vous avez connu à Paris sous le nom de chevalier de Planto ?

— Oui ! répondit le baron d'une voix ferme, et je confirme tout ce que j'ai dit à son sujet chez le juge d'instruction.

— Giuseppa Bianetti, reconnaissez-vous cet homme pour le même qui vous a emmenée de chez votre beau-père, qui vous a conduite à Paris, et qui, ici, a tenté de vous assassiner ?

Obligée d'arrêter ses yeux sur l'objet de sa terreur, la chanteuse trembla et ne put répondre ; mais le moribond lui en évita la peine.

En la voyant entrer, il s'était soulevé péniblement sur sa couche ; son œil avait paru se rallumer et sa voix reprendre un peu de force :

— Te voilà, Schepperl, tu viens voir ton vieil oncle ! C'est bien à toi ! Tu es une bonne fille, et je regrette vraiment de ne t'avoir pas mieux atteinte : je t'aurais épargné le chagrin de me voir insulté à mes derniers momens par ces brutes d'Allemands !...

À mesure qu'il parlait sa voix s'affaiblissait visiblement; il lui fut impossible de poursuivre.

— Qu'avons-nous besoin de nouvelles preuves ? dit le commissaire. Monsieur le greffier, rédigez un mandat d'arrêt contre...

— Ne voyez-vous pas que c'est inutile ? interrompit le docteur; dans un quart d'heure il aura cessé de vivre. Hâtez-vous, si vous avez quelque chose à lui demander.

— Alors, dit le magistrat au laquais, allez vite dire à mes agens, qui doivent être en bas, de faire monter le prisonnier.

Cependant le moribond s'affaissait de plus en plus ; la haine seule semblait vivre encore dans le regard qu'il attachait sur la Bianetti. Sa voix n'était plus qu'un râlement.

— Schepperl ! dit-il; tu as fait le malheur de ton père et le mien; il a été condamné aux galères pour t'avoir vendue, et moi qui t'avais achetée, j'ai été ruiné. J'avais le droit de te tuer, puisque tu étais à moi... Ton père, en partant pour le bagne, m'en avait conjuré... Je suis fâché de t'avoir manquée ! Maudite soit cette main qui a tremblé !

Et l'on vit les lèvres écumantes du mourant murmurer d'affreuses imprécations qu'on ne pouvait plus entendre.

L'attention des assistans fut distraite de ce pénible spectacle par le bruit de la porte qui s'ouvrait; deux agens de police entrèrent, poussant devant eux un homme vêtu d'un costume turc, et sous le turban du pacha de Janina, on reconnut l'infortuné président Bolnau ! Grand fut l'étonnement général; mais nul ne parut plus étonné que le maître de musique; il pâlit, rougit et détourna la tête.

— Monsieur de Planto! dit le commissaire, connaissez-vous cet homme?

Le moribond avait fermé les yeux; il les rouvrit péniblement :

— Allez au diable ! je ne le connais pas !...

— Je le savais bien, dit le pauvre Turc avec une mine piteuse; je savais bien qu'on finirait par reconnaître mon innocence. Mais vous, mademoiselle Bianetti, comment avez-vous pu compromettre ainsi un honorable magistrat?

— Moi ! s'écria la chanteuse. Je ne sais ce que vous voulez dire, monsieur le commissaire, je ne connais pas cet homme : qu'a-t-il donc fait?

— La justice, mademoiselle, répondit sévèrement le commissaire, n'admet ni réticences ni ménagemens. Vous devez connaître le président Bolnau, puisque vous avez prononcé son nom au moment même de l'assassinai. Votre propre femme de chambre me l'a attesté avec serment.

— Mon nom proféré dans de pareilles circonstances ! dit le pacha d'un ton plaintif; ah ! mademoiselle !... mademoiselle !

La Bianetti resta un moment interdite; mais tout à coup une vive rougeur couvrit son joli visage, elle fit un pas vers le maître de musique, lui prit la main et dit d'une voix émue :

— Carlo! nous ne pouvons dissimuler plus longtemps ; il faut enfin parler !... Eh bien ! oui, monsieur le commissaire, il est fort possible qu'au moment où je me suis crue frappée mortellement, j'aie prononcé ce nom chéri ; seulement, ce n'était pas à monsieur que je pensais, mais...

— A moi ! interrompit le maître de musique ; car, avec la permission de mon père, ici présent, je m'appelle Charles Bolnau !

— Charles! mon fils ! s'écria le pacha de Janina en serrant le musicien dans ses bras. Voilà la première parole sensée que tu aies dite de ta vie ! Tu me tires d'une bien cruelle position !

— S'il en est ainsi, dit le commissaire de police, vous êtes libre, monsieur le président ; et nous n'avons plus affaire présentement qu'au chevalier de Planto.

En disant ces mots, il s'était retourné vers l'assassin. Debout, près du lit, le médecin tenait la main du mourant ; tout à coup, il la laissa retomber doucement, se pencha sur le corps et lui ferma les yeux.

— Monsieur le commissaire, dit-il gravement, le chevalier de Planto comparaît en ce moment devant un tribunal plus élevé que le vôtre.

Ces paroles furent comprises. On sortit de la chambre du mort, et l'on entra pour un instant chez le musicien qui soutenait dans ses bras la cantatrice émue et tremblante. Mais tandis qu'elle cachait son beau visage dans le sein de son bien-aimé en versant des larmes, l'excellent pacha se promenait dans la chambre en se frottant les mains et souriant toutes les fois qu'il passait près de l'heureux couple. M. Bolnau méditait un coup d'Etat.

Tout à coup, il s'avança vers la chanteuse :

— Mademoiselle, lui dit il, j'ai eu beaucoup de tourmens à cause de vous : vous avez tellement compromis mon nom que vous me devez une réparation : réhabilitez-le en consentant désormais à le porter. Vous avez repoussé hier avec dédain mes complimens et mes bonbons, mais j'espère que vous m'accueillerez plus favorablement aujourd'hui que je vous offre mon fils, M. Charles Bolnau, ici présent, en légitime mariage.

Elle ne répondit pas, mais elle baisa affectueusement la main du vieillard, et se jeta dans les bras du jeune homme, qui l'étreignit avec ravissement.

— C'est égal ! dit M. Bolnau au docteur ; vous pouvez vous vanter de m'avoir fait une fière peur ! Et quand je vivrais cent ans, j'entendrais toujours résonner à mes oreilles ces mots effrayans : « La dernière » parole de la Bianetti mourante ça été..... votre » nom ! »

— Le regrettez-vous, maintenant que vous voyez les heureux résultats de ma terrible confidence ? répondit M. Lange en souriant et en lui montrant du doigt les deux jeunes gens, qui se tenaient toujours embrassés. A quoi devons-nous d'être témoins de ce bonheur, si ce n'est *à la dernière paro'e de la prima-donna?*

ALEXANDRE FRY.

FIN.

Paris — Imprimerie de Dubuisson et Cⁱᵉ, rue Coq-Héron, 5.

www.ingramcontent.com/pod-product-compliance
Ingram Content Group UK Ltd.
Pitfield, Milton Keynes, MK11 3LW, UK
UKHW022250070726
13613UKWH00005B/2204